周作人讲近代欧洲文学史

周作人 著

河海大学出版社
HOHAI UNIVERSITY PRESS
·南京·

图书在版编目（CIP）数据

周作人讲近代欧洲文学史 / 周作人著. -- 南京 : 河海大学出版社，2021.7
ISBN 978-7-5630-6678-0

Ⅰ. ①周… Ⅱ. ①周… Ⅲ. ①欧洲文学－文学史 Ⅳ. ①I500.9

中国版本图书馆 CIP 数据核字（2020）第 266340 号

书　　名 / 周作人讲近代欧洲文学史
ZHOU ZUOREN JIANG JINDAI OUZHOU WENXUESHI
书　　号 / ISBN 978-7-5630-6678-0
责任编辑 / 毛积孝
特约编辑 / 翟玉梅　叶青竹
特约校对 / 李　萍
出版发行 / 河海大学出版社
地　　址 / 南京市西康路 1 号（邮编：210098）
电　　话 /（025）83737852（总编室）
（025）83722833（营销部）
经　　销 / 全国新华书店
印　　刷 / 三河市双峰印刷装订有限公司
开　　本 / 880mm×1230mm　1/32
印　　张 / 5.375
字　　数 / 115 千字
版　　次 / 2021 年 7 月第 1 版
印　　次 / 2021 年 7 月第 1 次印刷
定　　价 / 69.80 元

《大师讲堂》系列丛书
▶总序

/吴伯雄

梁启超说："学术思想之在一国，犹人之有精神也。"的确，学术的盛衰，关乎一个民族的精神气象与文化氛围。民国是一个动荡不安的时代，内忧外患，较之晚清，更为剧烈，中华民族几乎已经濒临亡国灭种的边缘。而就是在这样日月无光的民国时代，却涌现出了一批批大师，他们不但具有坚实的旧学基础，也具备超前的新学眼光。加之前代学术的遗产，西方思想的启发，古义今情，交相辉映，西学中学，融合创新。因此，民国是一个大师辈出的时代，梁启超、康有为、严复、王国维、鲁迅、胡适、冯友兰、余嘉锡、陈垣、钱穆、刘师培、马一孚、熊十力、顾颉刚、赵元任、汤用彤、刘文典、罗根泽……单是这一串串的人名，就足以使后来的学人心折骨惊，高山仰止。而他们在史学、哲学、文学、考古学、民俗学、教育学等各个领域所取得的成就，更是创造出了一个异彩纷呈的学术局面。

岁月如轮，大师已矣，我们已无法起大师于九原之下，领教大师们的学术文章。但是，"世无其人，归而求之吾书"（程子语）。

大师虽已远去，他们留下的皇皇巨著，却可以供后人时时研读。时时从中悬想其风采，吸取其力量，不断自勉，不断奋进。诚如古人所说：“圣贤备黄卷中，舍此安求？”有鉴于此，我们从卷帙浩繁的民国大师著作当中，精心编选出版了这一套“大师讲堂系列丛书”，分辑印行，以飨读者。原书初版多为繁体字竖排，重新排版字体转换过程当中，难免会有鲁鱼亥豕之讹，还望读者不吝赐正。

吴伯雄，福建莆田人，1981年出生。2003年考入福建师范大学古代文学研究系，师从陈节教授。2006年获硕士学位。同年9月考入复旦大学中文系古代文学专业，师从王水照先生。2009年7月获博士学位。同年9月进入福建师范大学文学院古代文学教研室工作。推崇“博学而无所成名”。出版《论语择善》(九州出版社)，《四库全书总目选》(凤凰出版社)。

目录

第一章　绪论

一　绪论

欧洲文学，始于中世。千余年来，代有变更，文化渐进，发达亦愈盛。今所论述，仅最近百年内事。盖以时代未远，思想感情多为现代人所共通，其感发吾人，更为深切。故断自十九世纪写实派起，下至现代新兴诸家。唯文学流别，皆有本源。如川流出山，衍为溪涧江湖，不一其状，而一线相承，不能截而取之。今言近代文学，亦先当略溯其源。通观变迁之迹，递为因果，自然赴之，足资吾人之借鉴者，良非鲜也。

文学发达，亦如生物进化之例，历级而进，自然而成。其间以人地时三者，为之主因。本民族之特性，因境遇之感应，受时代精神之号召，有所表现，以成文学。欧洲各国，种族文字虽各各殊异，唯以政教关系，能保其联络。及科学昌明，交通便利，文化之邦，其思想益渐趋于同一。故今此近世文学，亦不分邦域而以时代趋势综论之。

法国 Auguste Comte 尝分知识为三大时期。一曰神学时代，二曰哲学时代，三曰实验时代。征之历史，古代以至中世宗教全盛时为第一期。宗教改革至十八世纪为第二期。十九世纪以后为第三期。文学亦然。上古之时，与宗教并萌，景教流行，与之俱化。至文艺复兴时，又崇古学。人逃其现今，而向往古代之美。及其弊也，止于模拟，而无生气。于是尚古主义（Classicism）忽焉没落。传奇主义（Romanticism）偕法国革命而兴。蔑弃古文之准绳，以个人感情为主，畅所欲言，不受拘束。逮进化之说发明，科学思想，弥漫世界，文学趋势，亦随之而转。乃弃空想而重实证，写实主义（Realism）以生。描写人生，专主客观，号曰自然派（Naturalism）。其后又有新派发起，与之抗衡。此亦根于时代精神，自然而至。正犹现代绘画之表现派（Expressionism），印象派（Impressionism）而起也。

文学以表现情绪为能事，与各艺术相同。其发达径路，虽代有隆替，然必有向上之趋势。其情绪多希望未来，而非回忆过去，表白自己，而非模拟他人。此数者，皆吾人读近代欧洲文学史所得极大之教训。而其思想之足以启发吾人者，犹在其次也。

第二章　古代

二　异教诗歌

欧洲民族，其重要者，可分三族，一拉丁，二条顿，三斯拉夫，其下又有分支，颇为繁细。惟以宗教之力，为之维系，故文化常能一致。欧洲中世文学，亦以教会为之根据，惟各民族之元始文学，乃又因此而多所湮没，盖仪式赞颂之歌，非依信仰保持，不能存在。景教代兴，大神殂落，礼拜歌词，自亦绝于人口，神话不传，神思之渊泉亦涸，乃强以外来之色米族传说代之，于民间思想，未能翕合无间也。至其本土神话之著作，存于今者已极少。略举如下。

一，英国史诗 *Beowulf*，其文义曰蜂狼，谓熊也，为古瑞典英雄。诗纪其人为丹麦王，杀巨人 Grendel，后五十年又为民除火龙之害。

凡三卷，四十二章。今所传者，为七世纪写本，惟已多后世基督教人修改，然其精神则固为古条顿人之信仰也。又有 Arthur 王故事，本为 Breton 之传说，于后世文学甚有影响。

二，德国 *Hildebrandslied*，纪东峨特王 Theodoric 之勇士，从王与 Finn 族战斗事。八世纪时教徒所录，已缺佚，仅存断片。其名复见于 *Niebelungen Lied* 中，然其事则殊矣。

三，北欧 *Edda*，有新旧二种。伊思阑人 Snorri Sturluson（1178 — 1241)集神话故事及诗法,为书曰 *Edda*,盖出于 Odhr 一字，义曰诗。至一六四二年 Brynjolfur Sveinsson 发见一书，亦同此名，疑是十二世纪时人 Saemund Sigfusson 所编，遂名之曰“旧 Edda”，而以 Snorri 所编者为新书。《旧 Edda》凡三十三篇，三分之二为史诗，亦有数诗为后人所篡乱，然古代日耳曼之风俗思想，多赖以传。

四，俄国自古有故事诗 Bylina，皆取材于古英雄。最有名者为《Igor 进兵之歌》(*Slovo o Polku Igoreve*)，记一一八五年 Kiev 王 Igor 攻南方鞑靼族,败归之事。时虽已归景教,惟自然崇拜之迹,仍甚明显。

此外各国民歌俗谣，虽采录之事，近世始盛，然发源则甚早。与乡村传说，同其源流，历代口传，以至今世。其中含有神话分子者不少，是皆民间文学之留遗，而后世诗歌小说之发达，亦颇借助于此焉。

三　武士文学

中古欧洲，因基督教之力，信仰渐就统一，封建制度亦方盛行。以此二大势力，互相调和，造成时代精神，即世所谓武士制度（Chivalry），终乃发而为十字军。其信神忠君重武尚侠之气，发挥无遗。当时文学，大受其影响而生变化。盖武士生活，本多瑰奇之趣，而当时人心，亦久倦枯寂，喜得此发泄之机会，以写其情绪。此诗歌小说勃兴之所由来。而教徒文学，亦遂以此稍衰矣。

中世教会，占有绝大之势力。人民精神及身体两方面之生活，几尽受其督率。教徒之事业，在求自度以度人，苦行断食，祈祷默念，为惟一之务。伏居陋舍，如处牢狱，与世隔绝，惟望脱离恶世，得入天国。其视人生，多罪恶之陷阱，处处有撒但之诱惑，引之入于魔道，故戒律至严。且对于俗人，诱掖奖进，亦极热心，著书说法，教以入圣之功，又利用各体文章，如寓言譬喻，传说戏曲，以宣传教旨。故教徒文学，盛极一时。而其影响于民间者，或足以培道德，而不足以快神思，或足以资教训，而不足以怡性情。人对于此自然之要求，不能于宗教得满足，乃别求感兴于他方。于是武士故事（Chanson de Geste）以兴，上承史诗，下开小说之端绪，而恋爱诗歌亦起，为社会及文学上一大案焉。

各国古代，皆有行吟诗人，或寄食王家，或游行各地，歌英雄事迹，以为生计。及景教流行，其业遂衰，迹亦几中绝。逮十字军兴，基督教之武士，遂一变而为史诗之主人，复盛行于世。盖事迹既甚适于小说，其制度又为当时政教之结晶，故甚为当世爱重。诗多类似，大抵以战斗为主。其人多犷野，然与杀伐时代之精神，实相一致。最著者有法之*Chanson de Roland*（1150），德之*Niebelungen Lied*（1200），西班牙之*El Cantar del mio Cid*（1150）。英之*Brut*（1200），乃言Breton王之事，盖英为北人征服，其先世功烈，鲜可称述，亦不得已也。

战争之诗歌，终复渐就衰颓，转为咏叹恋爱冒险之事。其所取材，亦多在Arthur一派，于是Celt优美之思想，势乃大张。诗中人物行事，不复粗野如前。且对于女子之意见，亦复一变。昔以女子为罪恶之源而憎恶之，为人类之弱者而保护之，亦无所谓纯洁高上之爱者，今乃崇拜甚至，视为慈惠爱情之化身。昔以为夏娃者，今一转而为圣母。人世爱情，乃至微妙不可测，神圣不可犯。此种思想，散布于全欧，好武之气，移于尚美。美之崇拜，乃入于神秘主义，而抒情之歌，终代叙事诗而兴起焉。

抒情诗之作，法国为盛，然实承Provence之余绪。当十二世纪中，为Provence文学最盛时代。诗人曰Troubadour，大抵为贵族。有伶人曰Jongleur，则受其诗，行吟各地，以传扬其声名。

盖其地气候温和，土地肥沃，民生乐康，情思丰富，故能有此，且其自由之思想，亦有以助成之。惟终以宗教冲突，有Toulouse之役，文化奄然俱尽。是时法之歌人（Trouvère）乃继承而发扬之。德之Minnesinger亦群起于Swabia。英自昔有Scop与Gleoman，惟其遗迹，仅留于*Widsith*与*Deor*之二断片。至十三世末Minstrel复兴，而多模仿法国，以*Alysoun*为最佳。今所称“北风”及“鹧鸪”两章，则皆出于俗谣，非诗人之创作也。

此武士文学，起于十二世纪，盛于十三世纪，至十四世纪之初，始渐衰落。诸侯构兵，封建之势顿破，教会亦失其势力，人心无所归附，乃成黑暗时代。然扰乱之中，亦即新机之所隐伏，烦闷至于极端，便得觉醒。于是文艺复兴，与宗教改革，相继而起，是皆自觉之发现之所致也。

四　意大利文艺复兴之先驱

意大利文学，在中世殆无所表见。盖其国袭罗马之遗，封建制度，不克树立，故武士诗歌，略无所闻。Provence诗风虽盛行，顾皆模拟而少特色。其势力所储，乃别有在。古希腊罗马之文化，涵养人心，造成时势，遂开文艺复兴之绪，而以三人为之前驱。Dante

作《神曲》，Boccaccio 作《十日谈》，立诗文之极。Petrarca 为最后之 Troubadour，振兴抒情之歌，又为提倡古文学之第一人，尤有功于世。

Dante Alighieri（1265 — 1321）为 Florence 世族，奔走国事，不得志而没。著诗集 *Vita Nuova*，以写其纯洁之爱。作《神曲》（*Divina Commedia*）凡三卷，纪罗马诗人 Vergilius 导之梦游三界。先过地狱界，分九层。古之正人未受景教洗礼者居其上。慕神之祝福而不可得，贪嗔爱欲，不能自克而犯罪者，历居其次。至第六层以下，始以处外道及怙恶为非者。末层至隘，居极恶者三人，为 Judas，Brutus 及 Cassius，有魔监视，加以刑苦。地狱四畔，大海绕之。远望有岛，曰净罪界。中分七层，视忏悔之力，次第上升。顶即乐土，举首仰瞩，乃见天国，上帝所居。二人将登，Beatrice 出，迎之入门。此其大略也。《神曲》自昔称难解之书，笺释不一。大意盖谓人世欲求，缘生罪恶。忏悔赎罪，可得解脱。唯以爱力，乃能超绝一切，与神天合体。其著作殆始终为幼时清净之爱所贯彻，而 Beatrice 者，即此净爱之化身也。

Giovanni Boccaccio（1315 — 1375）亦 Florence 人，幼从父业商，弃而学律，复不惬意，去而治希腊文学。与 Petrarca 友善。著诗歌小说数种，最有名者为《十日谈》（*Decameron*），言一三四八年顷意国大疫，有士女十人，避地村落，互述故事，以消长日。人各一篇，凡十日，共一百篇。取材甚广，而经其点染，无不美妙。叙述虽间或不庄，第亦时代风俗使然。至其清新快乐之精神，乃能于阴郁之中古时代，开拓一新方面。厥功甚巨，不仅为意大利散文之开祖已也。

Francesco Petrarca（1304 — 1374），父为Florence律师，与Dante同以国事被放，流寓于法。Petrarca遂自幼时承Troubadour之影响，学为诗歌，又治古代文学。父死无所依，入教会为长老，唯仍专心学问，作诗不辍。诗之源泉，与Dante同，出于恋爱。尝识一武士之妻曰Laura，思慕之意，一寄于诗。而Laura旋卒，人世之爱，转为灵感，中心永慕，如对神明，Dante之于Beatrice，殆可仿佛。又极喜古学，搜集拉丁古文，不遗余力。身为景教之徒，而崇拜古教思想，尝自言其处地在Augustine与Vergilius之间。盖其驰神往古，欲使景教与古诸神得调和，意极深切，于文艺复兴之运动，实大有力焉。

英国有Geoffrey Chaucer（1340 — 1400）系出北人，以王事使法意诸国，遂仿其诗风，作诗数篇。晚年作*Canterbury Tales*，虽仿《十日谈》，而亦自具特色。诗言有巡礼者三十一人，集于旅次，共赴Canterbury。途中各述故事，以慰寂寥。而所作只二十四篇。其序言（“Prologue”）一篇，写旅人风采言动，颇极其妙。英自北人入国，言语纷歧，Wycliffe（1325 — 1385）译《新约》，英语之力始张。至Chaucer而大定，立近世文学之柱石。而革新之机，则仍来自意大利，距Chaucer之死，已百年矣。

第三章 古典主义时代

一 文艺复兴时期

五 意大利

文艺复兴发端于意大利，渐及法德英西诸国。顾其势力在意最盛，前后历十四五两世纪，各国则略迟百年。其后虽就消沉，而精神深入于人心，造成伟大之文学，至十八世纪后半，始复变焉。

一四五三年，土耳其王摩诃末二世取君士但丁堡，东罗马之学者，避地于意，挟古文书与俱，是为意大利文艺复兴之始。德人Gutenberg始作活板（1435），英意荷阑继之，是为文艺复兴势力流布之始。唯此皆已著之事迹，至其发动之精神，则仍出于国民之自觉，实即对于当时政教之反动也。邦国争长，各以纵横机诈相尚。教会信仰渐失，而威福转加。法之 Trouvère，德之 Volksdichter，英之 Langland，意之 Pulci 对于教徒之不德，久多讥刺之词。且严厉之 Asceticism，压制人心，久不可堪，而法王教正，复不能为超人间之卓行，为人民模范。则怀疑以生，旧日宗信，渐渐动摇。久蛰之生机，倏焉觉醒，求自表见。终乃于古学研究中得之，则遂竞赴之，而莫可御矣。基督教欲灭体质以救灵魂，导人与自然离绝，或与背驰。而古学研究则导人与自然合，使之爱人生，乐光明，崇美与力，不以体质为灵魂之仇敌，而为其代表。世乃复知人生之乐，竞于古文明中，各求其新生命。此文艺之盛，所由来也。

十五世纪中，意大利治古学者极盛，志在调和古今之思想，以美之一义联贯之。Platon 之学遂大行，真美之爱，同出一源，与中世 Troubadour 之所讴歌，颇有相似，世多好之，如 Petrarca，即先觉之一人也。Marsilio Ficino（1433 — 1499）则注其毕生精力于此。Cosimo de Medici 祖孙，提倡最力。Lorenzo Il Magnifico 于讲学之余，多所著作，仿希腊 Idyll 式作“Ambra”等诗数章，甚为世所称。当时文士，多游其门，如 Pulci，Jacopo Sannazzaro 皆是也。

Luigi Pulci（1431 — 1487）为 Lorenzo 挚友，著 *Morgante Maggiore*，取材于传说而文特诡异。对于教会，似疑似信，赞扬与

嘲骂间出。论者纷纭，不能明其指归。大抵当时人心趋向，颇与此相类，是诗足为象征。又以诙谐美妙，颇得世誉，为后来谐诗之宗。Matteo Maria Boiardo（1434 — 1474）之 *Orlando Innamorato*，亦记 Orlando 事，而敷叙故事，别无新意。后 Lodovico Ariosto（1474 — 1533）作 *Orlando Furioso*，即汲其流，咏中世之骑士，而著想陈词，不为时代所限。至引希腊神话，以为藻饰。书阅十年始成，在今日视之，虽仅如古锦绣，止有色彩悦目，然其影响于当时文学者，则至非鲜。叙事之诗，于是复盛行。唯武士制度，既就衰废，Pulci，Ariosto 等，又以诙诡之词，润色其诗，后之作者，多仿之为假英雄诗。Teofilo Folengo（1491 — 1544）作 *Orlandino*，则竟以武士为嘲笑之具矣。

Niccolo Machiavelli（1469 — 1527）著 *Il Principe*，立意大利散文之则，简洁明晰，不假修饰。唯其提倡权谋，虽重私德，而公德则不论是非，但以利害为准，议者以为诡辨之词，适足为暴主所利用。或又比之 Swift 之《谕仆文》，以为假反语以刺时政。然亦唯对于法王之治，稍有微词，别无讥讽之迹可见。盖 Machiavelli 之为此书，不过聊寄救国之忱，据当时情状，固不能求同志于齐民，唯有期诸执政者也。稍后有 Benvenuto Cellini（1500 — 1572）自传，多大言，而质白率真，不违人情。后世比之 Rousseau，亦文学之瑰宝也。

Ariosto 之后，有 Torquato Tasso（1544 — 1595），为诗人

Bernardo 子。初学法律，而性好文学，游 Alfonso 门下，作 *Aminta*，写一诚信安乐之理想世界，与权诈奔竞之现世相照。又仿 Ariosto 为史诗曰 *Gerusalemme Liberata*，纪第一次十字军救耶路撒冷圣地事。当时宗教改革之反动，与文艺复兴之余波，结合而成此作。描写人情，又极巧妙，世有出蓝之称。Tasso 作此诗，本至虔信，而察教会之意，似尚不惬，因发狂易，自疑为外道，奔遁于道。后复返 Ferrara，又疑僚友嫉妒，力与斗，遂被幽于寺，七年，乃得释（1586）。狂疾偶已，辄复著作。又十年卒，而意大利十六世纪之文学，亦与之俱就结束矣。

六　法国

十六世纪法国文学，亦兴于宫廷。Francis 一世有女弟曰 Marguerite（1492 － 1549），首仿意大利 Sannazaro 之 *Arcadia*，为 Pastoral。又仿 *Decameron* 作 *Heptameron*，多嘲弄教徒之不德，庄谐杂出，而终以教训。廷臣 Clément Marot 致力于抒情诗，为七星派之先导。七星（Pléiade）者，Pierre de Ronsard，du Bellay 之徒七人，结社治古文学，以迻译仿作为事。一五四九年，始宣言改良俗语，用之于诗。虽或仍事雕斲，有失自然，唯其主张，欲根据古学，利用俗语，以求国民文学之兴起，则甚有益于后世也。

François Rabelais（1490 — 1552）初依教会，而性好学，乃去而学医。一五三二年著 *Gargantua*，叙一巨人事迹。次年续作 *Pantagruel*，颠到其名字，自署曰 Alcofribas Nasier。其词诙谐荒诞，举世悦之，唯荒唐之中，乃有至理存焉。Rabelais 以真善为美，对于当时虚伪恶浊之社会，抨击甚力，因故晦其词以避祸。巨人 Pantagruel 生而苦渴，唯得 Bacbuc 圣庙之酒泉，饮之乃已。Panurge欲取妻,不能决,卜之于La dieu Bouteille,而卜词则曰饮。言人当饮智泉，莫问未来。渴于人生，饮以知慧，此实 Rabelais 之精义。其顺应自然，享乐人生之意，亦随在见之。书中文多芜秽，则固非尽由时代使然，盖其蓬勃之生气，发而不可遏，故至是耳。Michel de Montaigne（1533 — 1592）隐居不仕，作论文一卷。乐天思想，与 Rabelais 相似，而益益静定。其格言云，吾何所知，足以见其怀疑之精神矣。

七　西班牙

西班牙文学，至十六世纪而始盛，唯多模仿古代及意大利之作，Montemayor 之 *Diana Enamorada*，其最佳者也。Don Diego

Hurtado de Mendoza（1503 — 1575）本为军人，后转任外交，一五五三年著 *Lazarillo de Tormes*，其后 Mateo Aleman 继之，世称 Picaresca，颇足见当时社会情状。道德颓废，习于游惰，教会诡辨盛行，以伪善隐恶为正，人人俱欲不劳而获，于是欺诈之风大张。Lazarillo 即为之代表，其人洞悉世情，乘间抵隙，无往而不利。及 Quevedo 著书，则意思深刻，文词雅驯，而讽刺锐利，可与前之 Loukianos，后之 Swift 相并，尤为不可及也。

Miguel de Cervantes Saavedra（1547 — 1616）作小说 *Don Quixote*，为世界名作之一。论者谓其书能使幼者笑，使壮者思，使老者哭，外滑稽而内严肃也。Cervantes 本名家子，二十四岁从军与土耳其战，负伤断其左腕。自 Messina 航海归，为海盗所获，拘赴 Algiers，服役五年脱归。贫无以自存，复为兵卒者三年。后遂致力于文学，作戏曲小说多种，声名甚盛，而贫困如故，以至没世。所著小说 *Galatea* 等，皆有名，而以 *Don Quixote* 为最。Don Quixote 本穷士，读武士故事，慕游侠之风，终遂迷惘，决意仿而行之。乃跨羸马，披甲持盾，率从卒 Sancho，巡历乡村，报人间不平事。斩风磨之妖，救村女之厄，无往而不失败。而 Don Quixote 不悟，以至于死，甚多滑稽之趣。是时武士小说大行于世，而纰缪不可究诘，至后由政府示禁始已。Cervantes 故以此书为刺，即示人以旧思想之难行于新时代也，唯其成果之大，乃出意外，凡一时之讽刺，至今或失其色泽，而人生永久之问题，亦并寄于此，故其书亦永久如新，不以时地变其价值。书中所记，以平庸实在之背景，演勇壮虚幻之行事，不啻示空想与实生活之抵触，亦即人间而上精进之心，与现实俗世之冲突也。Don Quixote后时而失败，其行事可笑，然古之英雄，先时而失败者，其精神固皆Don Quixote也，此所可深长思者也。

波陀牙言语，本西班牙方言之一支，至十六世纪初，诗人Miranda等出，其文学始独立。至Luis Camoens（1525－1580）著史诗*Os Lusiadas*，论者称之为当世之Vergilius。少时以事见放，流寓印度，又以诗罪，窜澳门者数年。比返国，中道覆舟，仅以身免。一五六九年始得归，以*Lusiadas*付刊，声名顿起，惟仍贫甚，相传有仆每夜求乞于道以救之。Lusus者，波陀牙传说之英雄，而民族之先祖也。诗叙Vasco da Gama初次远航之事，志在发扬国光，以先代世说，古国神话，为之藻饰，而善能调和，成完美之史诗焉。

八　德国

德国受文艺复兴之影响，学者辈出，唯其效果，则在宗教为多。马丁路德虽非Humanist，而乘思想自由之流，改革旧教，以抵于成。文学草创，多为宗教论难之资，非为观美。讽刺之诗最盛，Desiderius Erasmus，Ulrich Von Hutten 等，多假此以发主教长老之覆，旧教徒亦反报之。唯嘲骂之言，往往出于弱败，故激烈之作，亦出于加特力教。Thomas Murner 著 *Vom grossen Lutherischen Narren*，其言极厉，盖以 Luther 为旁门，肆力抨击，则有功于圣道。虽意见偏执，然讽刺之才，不可及也。新派方乘时而兴，不专恃文字以自障，故无巨制，比反动之起，论争复烈。有 Johann Fischart（1550 － 1590）学律，为法官，匿名作诗，以攻旧教。又译 Rabelais 之 *Pantagruel*，自加融铸，名之曰 *Geschichtklitterung*。对于社会凡事，无不施以讪笑，而中含深意，无夸诞之嫌。又所作 *Das glückhafft Schiff von Zürich* 一卷，以纯诗论，亦甚精炼，为十六世纪名作也。

Hans Sachs（1494 － 1576）者本缝人子，眇一目，出小学为靴工。又学为诗，后遂有名，世称之曰 Meisterlieder。安居乐业，怡然自得，故其诗亦流丽恬静，若与尘俗相隔，盖足为当时市民心理之代表者也。其所致力，乃在戏曲，凡二百余种。去宗教剧之枯淡与俗剧之粗鄙，而代以优雅之词，于国民剧之发达，盖至有力焉。

九　英国

英国十四世纪有Wycliffe，开Luther之先，Chaucer继Petrarca，Boccaccio之绪。唯二人皆先时而生，后无绍述。直至百年而后，始有John Colet者，为Oxford Reformers之一，以提倡古学，改革宗教为务。而意大利之文学，亦由Wyatt与Surrey二人传入英国。Thomas Wyatt（1503－1542）以王事使意，因得熟知古拉丁及意大利著作，始仿Petrarca写短歌（Sonnet）。其徒Henry Howard，Earl of Surrey（1517－1547）继之，又译*Aeneid*二卷，初用Blank Verse，后世作诗曲多用之。二人生时不自梓其诗，至Surrey死后十年，有书贾Richard Tottel刊*Miscellany of Songs and Sonnets*，二氏之作在焉。时颇风行，仿者甚众。Sidney之*Astrophel and Stella*，与Spenser之*Amoretti*及*Epithalamion*，皆称名作。同时缁译之业亦盛。如Thomas North之Plutarchos《名人列传》，George Chapman之Homeros史诗，Thomas Phaer之Vergilius，皆其著者。Ariosto与Tasso，亦有译本。其响影于新兴文学之力，盖莫大也。

Edmund Spenser（1552－1599）学于Cambridge，与Sidney

为友。初作 *Shepheardes Calender*，分十二月，各系以 Eclogue 一篇。或为寓言，或为怨歌，或颂女王，或嘲教徒，不一其体，而外形仿古代之 Pastoral。又作 *Faerie Queene*，今存六章，欲假譬喻以示人生之准则，书颇仿 Ariosto 及 Tasso，唯其人物，则非游侠英雄，亦非十字军武士，所言皆圣洁和平诸德，而冠以人名，终乃纷错，不可甚解，唯其诗至美。Spenser 对于人生，虽怀 Puritan 之意见，唯亦受 Platon 思想与意大利文艺影响，故其思严肃而其文富美也。*Amoretti* 与 *Epithalamion*，皆其结婚时（1594）所作，为艳歌之最。四年后之爱尔阑之乱，室被兵燹，幼子死焉。移居英京，困顿而卒。

Philip Sidney（1554 — 1586）为女王 Elizabeth 朝之重臣，后战殁于 Zutphen，初不以文学名。作艳诗及小说一卷，至殁后始有人为刊行之。其咏 Stella（Devereux）之歌，情意直挚，为世所称。小说曰 *The Countesse of Pembroke's Arcadia*，亦 Pastoral 体。纯仿希腊著作，纪述山林韵事，不如后人之影射时事也。书中事迹综错，论者谓分之可为二十说部资料。文辞亦多修饰，而甚为世人所喜。是时又有 John Lyly（1554 — 1606）作 *Euphues*（1579 — 1580）二卷，乃尤过之。多用双声对偶，譬喻典故，或曼衍成数十百言，或精炼为骈句。举世靡然从之，模仿其言词以为美，世称 Euphuism 焉。Lyly 之书，本意亦在教训，对于当时侈靡之风俗，攻难甚切，唯为文词所掩，后之人无或措意于此矣。

Thomas More（1478—1535）亦Oxford Reformers之一，为

Henry VIII所杀。以拉丁文作*Utopia*，述其理想之国，与Rabelais之Thelema，Bacon之New Atlantis，同出于Platon之*Republic*。唯More致力于信仰，Bacon致力于学问，Rabelais则以人生为主，辅之以学问信仰，以底于完成之境，此其异也。Francis Bacon（1561—1621）又作论文五十八篇，世与法之Montaigne并称，唯其文简炼，而流畅则逊之。

英国戏曲之起源，与欧洲各国同，并由中古之宗教剧出。每当令节，教会宣扬圣书故事，以喻人民。徒言不能甚解，乃假为书中人物演之，曰Liturgical Play，实由Dromenon而变为Drama之过渡也。所演者为《旧约》故事，自创世至末日裁判，或基督一生事迹，自降生以至复活，称Mystery。或演古德奇迹，称Miracle。至十三世纪初，演剧之事，乃由教会移于工商行社（Guild）。每行各有Patron Saint，率于每年祭日，演其毕生行业，以大车为台，游行市中，曰Pageant。十五世时，譬喻盛行，于是转入戏曲，饰善恶为脚色，以教道德，而Morality以生。又以枯索无味，则假Vice演为滑稽之言动，以助兴趣，是为后世曲中Fool之起源。继复张而申之，别成一节，曰Interlude。后或分立，成喜剧焉。曲词作者，初皆无主名。至十六世纪中，John Heywood始作Interlude甚多，有*The Four PP*最有名。而当时所谓University Wits者，亦仿罗马Plautus，Seneca诸人，著作渐盛。至Shakespeare，乃集其大成焉。

英国之有剧场，始于一五七六年，James Burbage 建 The Theatre，至 Shakespeare 自创 The Globe，已至一五九九年。剧场大抵外作六角形，两傍有廊，以居贵客，余皆露立。台上覆瓦，县毡为幕。刻木剪纸以为道具，揭橥地名，以晓观众。Greece 剧中演 Venus 之入场，至县倚引之上，已为极妙，他可知矣。演剧以下午三时始，首有人致词，为 Prologue。一折终，复有人出，古衣长鬓，致下场词，为 Chorus。及全剧了，伶人尽出为女王跽祷。至王政复古时期，始有离合背景，亦始用女优，其先则皆以童子为之也。

William Shakespeare（1564 － 1616）幼孤寒，受学于文法学校。二十二岁时至英京，学为伶人。作 *Venus and Adonis*，诗名顿起，唯其尽力乃在戏曲。初但为剧场修改古曲，后乃自作，凡二十年，共三十五篇。中分 Comedy，History，Tragedy 三类。其著作年代，亦可分为四，一曰习作时期（1590 － 1596），二曰历史喜剧时期（1596 － 1601），三曰觉醒时期（1601 － 1608），四曰 Romance 时期（1608 － 1612），与其身世，亦有相关。其所取材，不出 Holinshed 之 *Chronicles*，*Plutarchos* 之《列传》，意大利小说等，而一经点染，顿成妙作。又其思想深远溥博，不为时地所限，故论者谓其戏曲，在希腊以后，为绝作也。

Shakespeare 作喜剧，大抵在首两期中。末斯所作三曲，则别谓之 Romances。而悲剧中间亦常含有喜剧分子，故其喜剧之作风，复可区别为三。其一以荒唐纰缪之事，作滑稽之资，如 *The Comedy of Errors*，*A Midsummer Night's Dream* 等是。其二写爱恋之事，中更忧患，卒得谐合，如 *Much Ado about Nothing*，*As You Like It* 等是。晚年三曲，则写家人妇子，散而复聚之事，盖亦由境遇使然。其三则假诙谐以寄其微意，皆散见于悲剧中，如 *Macbeth* 之门子，*Hamlet* 之掘墓人是也。

Shakespeare 第一期中，尝作悲剧二种，唯其极盛，则在第三时期。所作以（一）*Hamlet*，（二）*Othello*，（三）*King Lear*，（四）*Macbeth* 为尤最。Romeo 与 Juliet 之死别，虽因缘于人事，而亦实定运之不可逃。至 *Hamlet* 等作，则不涉 Fatalism，而以人性之弱点为主。盖自然之贼人，恒不如人之自贼。纵有超轶之资，气质性情，不无偏至，偶以外缘来会，造作恶因，展转牵连，不能自主，而终归于灭亡，为可悲也。犹疑猜妒，虚荣野心，皆人情所常有，但或伏而不发，偶值机缘，莫不决裂者。如僭王之于 Hamlet，Iago 之于 Othello，二女之于 Lear，巫之于 Macbeth，皆为先路之导，终乃达其归宿，倾国破家，无可幸免，令观者竦然有思。Aristoteles 所谓悲剧之二元素，哀怜恐怖，盖兼有之。福善祸淫，世所快心，若其性情欲望，本亦犹人，乃以偶尔之遭，俱就陨落，易地以处，知亦莫能免焉，由是而哀矜之情生，彼我之间，无复差别，则彼已往之悲剧，焉知不复见于我。可惧又孰甚焉。Shakespeare 悲剧之力，盖在此。

后世多疑 Shakespeare 戏曲，谓非所为，或云 Bacon 作，然无确证，不足信也。

二　　十七世纪

十　意大利

十七世纪为欧洲文学停顿之时，因宗教改革之反动，酿为扰乱。政教两方，唯以压制为事。其后渐得平和，而民气衰落，文学遂亦不振。又以文艺复兴之影响，一时著作颇盛，及能事既尽，犹欲刻意求工，终至忽其大者远者，而反趋于末。最初有西班牙教正 Guevara，始创所谓 Estilo Alto，至 Góngora 等而大盛。英之 Lyly，立 Euphuism，意有 Marini，以警语（Concetti）作诗，于是所谓雅体（Culteranismo）之诗，风靡天下。作者唯以模拟为务，争尚颖异，莫知所止。其诗贵多用奇句，形容譬喻，不甚切近，盖意不在能动人而在警人，不在感发性情而在得读者之骇叹。于是诗之效用，几尽失之矣。虽有一二先觉，力与抗衡，而时势所趋，不能挽也。法国有 Boileau 出，力摧旧说，使复归于真率纯正之境，英亦兴起从之，文学并称极盛。其余诸国，一时莫能及焉。

意大利在文艺复兴期，文化为各国冠，及其衰也，亦甚于各国。十六世纪末，有文禁，政教之事，悉不得言，即论自由称古学者，亦在禁列。于是著作日希，难于流布，诵读者亦益少。其后解禁，而民气衰茶，直至法国革命之时，犹未能振起。当时雅体之诗，风行于世，Giambattista Marini（1569 — 1635）首倡之。所作 Adone 一诗，凡三万四千行，叙希腊 Adonis 之神话。仅写情景而无事迹，造辞典丽，取譬新异，极人工而乏天趣。论者比木偶人，只此辉煌之景，悦目一时而已。Marini 尝游法王路易十三之廷，众皆悦之，其诗遂大行于法，本土之模仿者尤众。有 Chiabrera，Filicaya，Guidi 等，力矫其弊，而大势所趋，终不能胜也。散文著作，较为发达，唯大抵关于哲学及科学者。

十一　西班牙

西班牙之雅体，始于 Guevara，继之以 Sotomayor，至 Luis de Góngora 而大盛，与 Marini 方驾。Góngora 初以简明之词作诗一卷，不为世人所好。乃转而模仿雅体，又益夸大之，于是声名顿起。Culteranismo 四方景附，唯其势力，乃有所限。Vega 以当世大师，力攻Góngora派所为，尝嘲之曰，余为此言，且不自解，又孰能解乎。Vega之后，有Calderón振兴西班牙戏曲，与英国比盛焉。

西班牙戏曲，亦犹英国然，发源于宗教戏，曰Auto。又分之曰神剧（Comedia Divina），曰圣徒剧（Comedia de Santos），盛行于十六世纪，民间甚好之。剧中主旨，大抵福善祸淫之事，唯所谓善恶，则一以教会为准则。故神之慈惠，独厚于教徒，而所以罚离经叛道者，亦极其严酷，犹不如兴奸作慝者之可以信仰而得赦也。Auto之后，转为Comedia，兼悲喜两种而有之。至Lope de Vega（1562　1636）而集大成。Vega幼颖慧，通古文学，作小说*Arcadia*，*Dorotea*及史诗等数种，而戏剧最有名。所作凡五百余种，取材至广，或上溯宜禄帝时，说罗马之大火，或述哥仑布涉险事，又或写现代社会。其观察极精彻，又以客观态度写之，故可谓写实派，而Pedro Calderón(1601－1681)则理想派也。Calderón本为军人，晋爵为贵族，尝任宫廷剧场监督。所作剧曲，善能写人间理欲之抵触，思想富美，制作亦视Vega为备，故称为西班牙戏曲之第一人。及其殁后，戏曲亦遂衰落矣。

Picaresca之小说，时尚盛行。Francisco Quevedo（1580－1645）之*Don Pablo de Segovia*为最著名之作。至Vicente Espinel作*Vida del Escudero Marcos*，多描写社会情状。不仅以叙事为能，已开近代小说之先矣。

十二　德国

十七世纪德国文学之零落，视意大利尤甚。宗教改革，延为三十年战争，民生衰耗，殆达其极。虽受文艺复兴之影响，亦第有模拟而无兴作，前后 Silesia 派之诗，实只因袭意法往事，而重演之而已。第一 Silesia 派，以 Martin Opitz（1597－1639）为之长，奉法之七星派，因撮要义著《诗法》一卷，以教其徒。拘守绳墨，不得自由，于是乃有反动，而 C. H. von Hofmannswaldau（1617－1679）出，是为第二 Silesia 派。所师法者，为意之 Marini。其徒 Caspar von Lohenstein（1635－1683）诗曲之外，复作武士小说，以新异之文词，写夸张之感情，虚诞之行事，举世好之。盖文艺复兴，至此已见流弊，德以丧乱之余，智力薄弱，故受其弊，亦尤甚也。

当时小说虽无足称述，然亦有杰出于一时者，则 Grimmelshausen 之 *Simplicissimus*（1668）是也。H. J. Christoffel von Grimmelshausen（1621/22－1674）故武人，尝与三十年战争之役。其为此书，本仿西班牙之 Picaresca，而不务造作，专以一己之所经历，演为五卷。虽事多凶厉，文不雅驯，唯其实写世情，与人生益益相近，以视虚华之小说，迥不侔矣。然其后无继起者，迨十八世纪初，英国之 *Spectator* 与 *Robinson Crusoe* 流入德国，始复震动，风气为之一变焉。

十三　法国

法国文学情状，故无异于各国，唯以国家强盛，文士得假承平之际，致力于文，故发达亦最盛。Marini 至法，一时诗人翕然从之，称 Preciéux 派，顾其风不久衰歇。一六三五年敕建法国文艺院，以厘定国语为职志，Malherbe，Guez de Balzac 之徒，先后兴起，各有所尽。至 Nicolas Boileau（1636 — 1711）主张真美一致，廓清旧敝，建设新派，一以清真雅正为归，于是遂为 Classicism 之最盛世也。

法国戏曲，亦萌牙于宗教剧，文艺复兴以后，模仿古代著作者亦弥多。分道而驰，不相调和。宗教剧行于民间，多失之野，古剧则学士所为，适于吟诵而不宜于演作，美于情文而乏气势。十六世纪中，Theodore de Bèze 取材于《旧约》，造作悲剧，欲调和其间，顾未能就。Pierre Corneille（1606 — 1684）始合二者之长，成完善之戏曲。*Le Cid* 写情爱与孝思之冲突，*Les Horace* 写国家感情之冲突，*Cinna* 写慈仁与报复之冲突，至 *Polyeucte* 则转而言基督教事，写爱与信仰之冲突，凡家庭邦国政治宗教之问题悉具焉。虽其理想人物，迥出常类，性格无发展之地，而情文并茂，足以掩之。盖自 Corneille 出，而法国戏曲始成纯粹之艺术，足以怡悦性情，感发神思，不仅为民众褕乐之具矣。

悲剧曲成于 Corneille，而喜剧则始成于 Jean Baptiste Molière（1622 — 1678）。其先模拟意西著作者，大抵以爱恋涉险为材。至 Molière 一反所为，求之于日常生活之中，自狂愚纰缪之事，以至家常琐屑，无不得滑稽之资料，盖为昔人所未尝知者也。Molière 本商人子，初学法律哲学。二十一岁时，弃而为优于巴里，业败，负债下狱，以援得脱。乃去都，周行各地者十二年，多所阅历，文思益进，遂仿作意大利喜剧，自演之。至一六五九年作 *Les Preciéuses Ridicules*，写当时社会，于标榜风雅之习尚，加以嘲笑，此风因之渐衰。又于 *L'Ecole des Femmes* 示天性之发达，不能以人力防御。及 *Tartuffe* 出，攻难者一时蜂起，而教会尤力，至于禁绝诵读，吓以破门。五年而后，始得公演焉。唯 Molière 之绝作，则为 *Le Misanthrope*。盖在家庭社会间，多历忧患，故心意亦益坚苦，于此剧一罄之。Alceste 以清俊之质，邂逅浊世，高情覃思，迥绝常流，独爱 Célimène，而 Célimène 不能遗世而从之，于是觉悟之悲哀，遂为是剧之终局，盖喜剧而具有悲剧之精神矣。

Jean Racine（1639 — 1699）者，Molière 之友，而 Corneille 之继起者也。幼孤，育于大母，受学于教会。初学 Corneille

为悲剧，后乃自辟径蹊，善写人情之微。其最佳之剧，皆取材希腊，而别具精彩，可与古代名作并驾。*Andromaque* 及 Phèdre 是也。唯当时名流，或不满意，倩人别作 Phèdre 之剧，同时上场。又出万五千佛郎，募人分赴剧场，力抑扬之，Racine 遂败。因忽发愤，自忏笔孽，隐居不出，嗣后著作遂鲜。

Jean de La Fontaine（1621 — 1695）所作有诗歌小说，然以寓言闻于世。二十六年中，凡著十二卷。仿希腊 Aisopos，而实绝异。古之作者，多假寓言以寄教训。La Fontaine 则重在本事，教训特其附属，或且阙焉。盖合小说（Conte）于寓言（Fable），而托之于纯诗者也。故纪载描写，更益精详，与古之寓言以片言明意为上者异矣。且天性纯朴，爱好天物，故状写物情，妙绝天下，称为不可仿效之作。唯十九世纪时，丹麦有 Andersen，作童话，亦为绝技，或可相伯仲耳。

散文著作，则有 Duke de La Rochefoucauld 之《语录》（*Maximes*），与 Jean de la Bruyère 之《人品》（*Les Caractères*），而小说亦渐渐发达。Madame de la Fayette（1634 — 1696）著 *La Princesse de Cléves* 已脱离旧习，趋于简洁，为 *Manon Lescaut* 之先驱。近代小说，当以此为首出也。

十四　英国

英国十七世纪文学，实可析为前后两期。上承伊里查白时代之余绪，下为奥古斯德时代（Augustan Age）之先驱。文化发达，极于侈丽，物极而反，Puritanism 遂渐胜。终乃颠覆王朝，立共和之治，唯峻厉之教旨，不能终厌人心。一六六〇年王政复古，而文艺潮流，亦大变易。法国 Boileau 之影响，被及英国，检束情思，纳诸轨则。至 Dryden 乃定古罗马著作为文章轨范，嗣后 Classic 派势极隆盛，以至法国革命时代。

Lyly 与 Sidney 之后，所谓 Conceit（Concetti）之风，盛行于诗歌。一变而为十七世纪之 Fantastic 派，John Donne（1573－1631）为之长。Caroline 之诗人，大抵蒙其影响，如 Herbert 及 Herrick 皆最显者也。Herrick 善遣绮语，颇称佳妙，其婾乐之精神，犹可见文艺复兴小影，与当时清教思想，正可反比焉。

戏曲自 Shakespeare 而后，渐就衰微。虽 Ben Jonson 继起，然不能及。Shakespeare 写人生之深密，而 Jonson 止能写一时世相。其后 Beaumont and Fletcher 合作戏曲，虽妍美足称，而雅健不足。自余作者，益务迎合流俗，趋于放佚。清净教徒对于剧场，力加攻击，初禁礼拜日演剧，至革命时，遂悉封闭之。

清教思想，蕴蓄已久，渐由宗教，推及政治，终有一六四二年之革命。文学中有 Milton 与 Bunyan 二人为代表。John Milton（1608－1674）出自清教家庭，受古学之教育。初作“The Ode on the Nativity”犹有 Fantastic 派余习，继作“L'Allegro”及“Il Penseroso”二诗，乃归雅正。“Lycidas”仿希腊 Theokritos 诗，悼其友之死，假牧人之词，多攻教会失德。Puritan 之思想已明著矣。及革命告成，Milton 任为 Cromwell 记室，十余年来，不复为诗。一六五二年以过劳目力，遂失明。六〇年秋 Charles 二世复位，几不免。后遂隐居，复致力于诗，命其女笔之于书，乃成三大史诗。一曰 *Paradise Lost*，叙撒但之叛与人类之堕落。一曰 *Paradise Regained*，叙基督抗魔之诱惑，复立天国。一曰 *Samson Agonistes*，叙参孙髡顶矐目，为 Philistine 人之奴，终乃摧柱覆庙，自报其仇。皆取《旧约》故事，以伟美之词，抒崇高之思，盖合希伯来与希腊之精神而协和之者也。John Bunyan（1628－1688）者，行事著作，与 Milton 绝异。父补釜，Bunyan 世其业。生平所读唯圣书，而宗教思想，深纯独绝。因从新派，游行说教，被捕下狱十一年，及信教自由令出得释。未几令又废，遂复被禁三年。狱中作《天路历程》（*Pilgrim's Progress*），以譬喻（Allegory）体，记超凡入圣之程。其文雄健简洁，而神思美妙，故宣扬教义，深入民心，又实为近代小说之权舆。盖体制虽与 *Faerie Queene* 同，而所叙虚幻之梦境，即写真实之人间，于小说为益近。其自叙体之 *GraceAbounding*，亦有特色。至 Defoe 乃用之作 *Robinson Crusoe*，此体益以完成矣。

王政复古，政教复一变。Samuel Butler 仿 *Don Quixote* 作 *Hudibras*，以嘲清教徒，大为世人所好。昔日整肃之俗，转为放逸。演剧复盛，而日趋于堕落。及党派分立，利用文学，施于政争，讽刺之作，因此大兴。又以时代变迁，情思衰歇，人重常识，不复以感情用事。当时文人，被法国之影响，乃奉古代诗法为模范，重技术而轻感兴，遂别开一新时代焉。John Dryden（1631 － 1700）实为之主。Dryden 系出清教家族，而始附王室，终归旧教，盖对于政治宗教，初无定见，但随世俗转移。其造作诗曲，亦多迎合时好，非由本意，故或称其以著作为业。至晚年，亦自悔之。唯规定文体，以明决为上，甚有造于后世。英文学之 Augustan Age，实造端于此矣。

三　十八世纪

十五　法国

十八世纪为理智主义最盛之时代。文艺复兴，希腊之文明，流播欧土，人心久苦束缚，遂竞赴之，本其自然之情意，力与禁欲主义抗，以立主情之文学。时学术亦主怀疑实验，破烦琐学派（Scholasticism）之障，成主智唯理之哲学。及思潮衰落，文学亦随以不振。哲学则缘理智为重，乃不与之转移，自 Bacon 创经验说，Descartes 立唯理论以来，且益复发达，影响渐及于文学。于是向之诞放繁缛之词，悉见废黜。凡事一准理法，不得意为出入。是事始于十七世纪中，至十八世纪而极盛。论其趋势，与文艺复兴之运动，盖相违忤，唯奉古代著作为师法，则差有相似者，故并称尚古时代也。然其所尚，第在形式而非精神，又抑制情意，以就理法，亦有偏至。故及 Rousseau 出，倡复归自然之说，而昔日文艺复兴之精神，复现为 Romanticism 而代兴也。

欧洲十八世纪之文学，以英法为极盛。二者之中，又以法之影响为最大。百年之内，由专制为共和，由罗马旧教为信仰自由，由尚古主义为传奇主义，凡此急转，皆大有影响于世界。而推其元始，并由当代思潮所动荡，文人学者，本其宗信，各假文字之力，宣扬于众，以抵于成。此十八世纪法国文学之所以异于他国，亦所以异于前代者也。十七世纪之思想，虽亦力去故旧，倾向自由，然仅以个人为主，而是时则推及于人群。十七世纪之著作，其不朽者止因美妙，初不以宣传宗旨为务，是时则多以文字传其思想，不仅为贵人愉乐之具。凡此趋向，盖已见于路易十四世时，La Bruyère 作《人品》，于社会敝俗，已多慨叹之辞。至十八世纪，而致意于此者，乃益多矣。

François Fénelon（1651 — 1713）在路易十四朝，为皇孙师保，取材希腊史诗，作 *Télémaque* 一书以教之。以散文作诗，以小说谈教育，甚有特色。于政治道德，尤多新义，已有立君所以利民之说，后遂以是罢免。宗教上之怀疑思想，则先见于 Bernard de Fontenelle（1657 — 1757）所著《神示史》（*Histoire des Oracles*）。以论辨希腊罗马托宣之俗为名，而实于景教神异之说，加以掊击。盖所言虽限于古代异教，而迷信起原，本无二致，鉴古征今，可知正教之奇迹，与外道之神言，相去固不一间也。及 Montesquieu 之《波斯尺牍》（*Lettres Persanes*）与 Voltaire 之《哲人尺牍》（*Lettres Philosophiques*）出，而此新思潮，遂益复完全表见矣。

Charles-Louis de Secondat,Baron de Montesquieu（1689 — 1755）以《法意》（*De l'esprit des lois*）一书闻于世。《波斯尺牍》成于一七二一年，假为二波斯人记游法所见，贻其新友之书，于当时政教社会各事，加以评骘。微言妙语之中，实寄忧世之深情。Montesquieu 虽法家，亦长于文。是书托之波斯人作，则便于评议，又借东方风俗以为渲染。简毕往来，游人记所目睹，而故乡消息，则举波斯之事相告。宫闱之中，妇寺构煽，尤多隐秘，为谈论之资，故其结构纯为小说，而对于政教之意见，则精神仍与《法意》近也。Voltaire 本名 François-Marie Arouet（1694 — 1778），颠到其姓以自号。以讪谤疑罪被放，后复被禁锢十一月。至一七二七年，又与豪家斗，遁居英国三年。遂作《哲人尺牍》，详述英国情状，而于信仰自由，尤所神往，重真理爱人类之气，露于行间。法国当局虑其惑人，遂禁传布，并命刑吏以一册焚于市云。Voltaire所作，初多诗曲，尝仿史诗作 *La Henriade*，咏亨利四世事，甚行于世，至比之 Vergilius，然实非其特长。《尺牍》以后，著作甚多，虽种类殊别，而思想本柢，在破迷执而重自由则皆同。六十岁后，隐居村间，多作答问小品传布之，攻难宗教甚力。盖天性既与宗教之神秘思想素相远，而感觉又特明敏，多见当时冤狱，如 Calas，Sirven，La Barre 等案，事至凶酷，其因乃悉由教争。故平生以摧毁污恶为务，若其所谓污恶（L'infame）者，则宗教也。唯 Voltaire 虽以宗教为文化进行之大敌，毁之不遗余力，而于政法乃颇主保守。其论艺文，亦奉古代义法，与并世文人别无所异。

二子《尺牍》之出，为新思想代表，而当时绝少应和。及中叶以后，世事顿复变易，路易十五时政治日坏，弊已彰著，于是二人文字之功，亦渐成就。先觉之士，咸奋然有改革之心。此诸“哲人”（Philosophes）怀抱之旨，得以二语总之，曰理性，曰人道。既不足于现社会之情状，乃欲以智识真理之力，破除一切偏执迷信愚蒙缪妄，合人群知力，以求人类之幸福。又以政教之敝，实由义旨之差谬，故当专务治本，以文字为道具，觉迷启智，先谋国民精神之革新。而其影响，则崇尚理性，毁弃旧典，主思想自由，开近世科学精神之先路。护持人道，于非刑曲法之事，力发其覆，又反对奴制，非难战争，亦皆率先大号。其精神颇有与文艺复兴时相类者。唯其为学，不求一己之深造，而冀溥及于大群。欲世界文化，分被于人人，得以上遂，至于至善之境。故对于现在，虽多不满，而于未来则抱昭明之希望，此实当时哲人共通之意见。而其事业，则见之于编纂《类苑》（*Encyclopedie*）一事。为之长者，即Diderot也。

Denis Diderot（1713－1784）初佣于书肆，以卖文自给。其所宗信，由自然神教（Deism）转为无神论，复进于泛神论。尝作《盲人说》，假为英国学者之言，以申其意，坐禁锢三月。一七四五年，巴里书贾谋译英国Chambers类苑，属Diderot主之。Diderot允之，而不以转译为然，因招诸人，共理其事。教会忌而力阻之，共事者或稍稍引去。Diderot不为动，朝夕撰集，终得成，前后已三十年矣。其书本类书，又多草创，故未能尽美，唯传播思想，则为力适伟，启蒙运动（Enlightenment）之成功，实在于此。Diderot曾作戏曲论文。又仿英国Richardson等作小说。*Le Neveu de Rameau*最善。当时未刊行，至十九世纪初Goethe自原稿译之为德文，始见知于世。

Jean-Jacques Rousseau（1712－1778）行事思想皆绝奇，影响于后世者亦独大。Rousseau生而母死，父业造时表，使世其业，Rousseau不愿，遂逃亡。少行不检，飘流无定止。一七四一年至巴里，以音乐闻，又作剧曲得名，与Diderot等为友。偶读报知Dijon学会县赏征文，论美术科学之进步与道德改善之关系，作文应之，得上赏。后又作文，论人类不平等之起原，并论其是否合于自然律，虽不得赏，而Rousseau之大事业，实已始于此。一七六一年后，*La Nouvelle Héloïse*，《民约论》（*Contrat Social*），*Émile*相继刊行，一时世论哗然，政府公焚*Émile*于市，欲捕治之，逃而免。Rousseau性好争，又多疑，与Diderot绝交，又与Voltaire以文字互相诋諆。历奔各地，皆不见容，益疑Voltaire害己。终应Hume之招，避居英国，始作《忏悔录》（*Confessions*）。顾复疑Hume与谋将见陷，乃匿名返法国，至七八年七月暴卒。凡Rousseau思想，可以复归自然一语，为之代表。意以为人性本善，若任天而行，自能至于具足之境，唯缘人治拘牵，爰生种种恶业，欲求改善，非毁弃文化，复归于自然不可。其说与当世哲人之提倡文明，欲补苴为治者，迥不同矣。虽由今言之，或亦不无偏至，而其时发聋振聩，为效至大。公道平等之义，由是复申于世。文艺思潮，亦起变革。其影响所及，盖不止十八世纪之法国文学已也。

Rousseau中年所作论文，于当时虚伪浮华之俗，抨击甚力，主复归自然之说。Voltaire评之曰，汝使人将以四支并行矣。Rousseau意谓人生而自由，各自平等，社会后起，因被束制，强分贫富贵贱，强弱主奴之级。所言生民元始情状，与社会起源由于契约，不与史实相合，Rousseau亦自知之。唯假以说明现状由来，并指示未来之归趣，则至为便捷。资财私有，实侵自然之权利，反抗权威，为个人之特权。人人相等，平民之尊，不亚于贵人学士，凡此诸义，皆得由是成立。及作《民约论》，乃由破坏而进于建设，示人以自由与政治得相调和，谓人生而自由，及其入世，乃随处在缧绁中，故道在复返自然。然社会秩序，亦为神圣，则唯当变革社会制度，使益近自然，斯已可矣。故应本民约原旨，以投票之法，取众人公意，立为政府，庶几自由可得，平等可至。盖人人以公意为意，自得自由，在民意政府之前，又人人平等故也。此 Rousseau 之民生思想，影响于后世人心极大。Robespierre 亦私淑 Rousseau 之一人，至革命时而实行其说焉。

La Nouvelle Héloïse 者，以小说而言家庭之改良。书仿 Richardson，用尺牍体，言 Saint-Preux 爱 Julie，而女从父命归 Wolmar，Saint-Preux 断望出走。后复还，遇 Julie，历诸诱惑，皆不失其守，未几 Julie 以保育过劳卒。其书上卷，盖以写人间本性，发于自然。次卷则示其与社会之冲突，而终以节制，归于和解。唯其本旨，乃在写理想之家庭，简单真挚，与世俗之虚伪者不同。*Émile* 者，Rousseau 言教育之小说，述 Émile 幼时之教育，一以自然为师法。生而不束襁褓，俾得自由。五岁就外傅，使亲近生物，嬉戏日光颢气中，凡虚伪造作诸事物，悉屏绝不使闻见。十二岁读书，观察实物，习为劳作，读 *Robinson Crusoe*，学自助之道。十五知识初启，教以悲悯慈仁之德，读 Plutarchos 与古贤相接，读 Thucydides 以知世事，读 La Fontaine 以知人情。十八岁乃可教以信仰，进以美育，以成完人。Rousseau 教育学说，本出理想，

非经实验而得，然至理名言，至今弗改。自 Froebel 以后，儿童教育，大见变革，实 *Émile* 为之创也。

《忏悔录》凡十二卷，为 Rousseau 自传。自少至长，纤屑悉书，即耻辱恶行，亦所不讳。而颠到时日，掩饰事迹，亦复恒有。Rousseau 性格，亦因此益显其真。其为是书，意盖欲自表白，谓天性皆善，第为社会所污，虽能自拔以至于正，而终为世之所弃。同时 Saint-Simon 亦自作传记，于一己感情，鲜有叙及，盖当时之思潮使然。Rousseau 此书，则为写精神生活，处处以本己为中心，导主观文学之先路。且其爱自然重自由之意气，亦浸润而入于文学，为传奇派之一特色。故言近世文学，于传奇主义之兴，不得不推 Rousseau 为首出也。

十七世纪以来，法国文体，归于雅正，小说亦渐改观。Abbé Prévost（1697 — 1763）初为牧师，后弃去，漫游荷兰英国各地。比归，以著述自给。译 Richardson 诸小说，又自作小说甚多，唯 *Manon Lescaut* 一种称最。其书盖承 La Fayette 之余绪，而更进于美妙。Manon 既爱 Grieux，复眷现世之安荣，Grieux 知其不贞壹，而不能不爱，数经离合，终乃追随至美洲荒野，及见 Manon 之死，实一世之杰作也。当时 Le Sage 作 *Gil Blas*，仿西班牙之 Picaresca，而实写世相，称百折之喜剧，Marivaux 作 *Vie de Marianne*，分析女子性情，多极微妙，皆为长篇佳制。十七世纪中叶而后，哲学思想，渐及小说，与感情主义溷合，于是面目又一变。

Rousseau之*La Nouvelle Héloïse*,则具代表。写人世之爱,发于本然,而归于中正，赞扬物色之美伟，称述理想之家庭，盖以艺文抒情思，并以传教义者也。继其后者，为Bernardin de Saint-Pierre（1737 — 1814），其*Paul et Virginie*一书，上承Rousseau，下启Chateaubriand，为新旧时代之联锁。Saint-Pierre幼读***Robinson Crusoe***及耶教传道纪行，即有志远征，立Utopia于荒岛，弃人治而任天行，期造一美善之社会，后以政府遣，往Madagascar为工师，归而作游记，极赞自然之美。Rousseau方隐居巴里，甚相善，而Saint-Pierre亦病，几发狂易，后渐愈，乃致力于学，作《自然研究》三卷，意见与Rousseau略同。谓自然慈惠而谐和，唯社会暴恶，实为之障。天地间事物，悉为人群乐利而设，瓜之大，以供家人之分享，而瓠尤大者，以备与邻共之也。又以为欲求真理，当藉情感，不能以理性得之。当时人心已渐厌理智主义之寂莫，复生反动，Saint-Pierre之意见，遂为世人盛赏。一七八八年，《自然研究》第四卷出，*Paul et Virginie*即在其中。言二人相悦，见格于姑，终至死别。写纯挚之情，以热带物色为映带，成优美之悲剧。作者旨趣，盖以自然与情爱之美大，与文明社会及理智人物相反比，而明示其利害。思想本之Rousseau，题材则取诸希腊Longos之*Daphnin kai Khloen*。唯荟萃成书，则为Saint-Pierre一己之作。书出，举世叹赏，那颇仑亦其一也。

十六　意大利　西班牙

意大利十八世纪情状，较前世纪特见进步。盖时方脱西班牙羁勒，政教稍稍宽和，民气亦渐苏，文艺学术，遂得兴盛。又受法国影响，Gravina之徒，于十七世纪末年，创立Arcadia学院，提倡诗法，偏重韵律，虽病枯索，而视Marini派之奇矫，已有进。中叶而后，独立之诗人亦渐出。Giuseppe Parini作讽刺诗*Giorno*，分朝午夕夜四篇，述贵介子弟一日中行事，以刺游惰，刻画世情，颇称工妙。Giovanni Meli以Sicily方言为诗，多述自然之美，又善写故乡人情风俗。德国Heyse称之曰，歌谣拟曲，皆出Sicily，古今同然。盖以古希腊之Theokritos与Sophron，皆生其地也。

意大利戏曲，自Machiavelli以后，已渐发达，至十八世纪而极盛。古曲之剧，出于宗教，与欧洲各国同。Rappresentazione者，专演圣迹，与西班牙之Auto相类，其后转而言史事，遂与仪式分离。唯缘罗马文化影响，作者多模仿古剧，不能自成一家。及十八世纪，Vittorio Alfieri（1749－1803）始作完善之悲剧。Carlo Goldoni（1707－1793）仿Molière为喜剧，亦绝妙。然意大利国民戏曲，尚别有在，颇与此二剧并自外来者殊异，即俗剧（Commedia dell'Arte）与歌剧（Opera）是也。俗剧通称假面剧（Mask），行于民间，盖与希腊喜剧，同起于Dionysos之祭，酒滓涂面，转而为面具。自罗马古代以至中世，相传不绝。至十六世纪乃益盛，Francesco Cerlone演之为滑稽剧。唯进于文艺，则自Carlo Gozzi（1720－1808）之Fiabe始，以神怪传说为材，而隐讽当时，与希腊中期喜剧有相似者。及Gozzi辍作，此体亦绝，唯存民间旧有之曲矣。歌剧者，正称Melodramma，盖合景色音乐歌咏三事而成。草创于Apostolo Zeno，至Pietro Metastasio（1698－1782）而大成。Metastasio本姓Trapassi，幼时讴歌道上，为Gravina所闻，收为义子，更其姓，希腊语义曰移居也。其诗才殊敏妙，又美声音，故得大名。假面剧与歌剧，虽性质殊别，不能并论，然其为意大利特有之艺术，则固同尔。

十八世纪中，英法小说益极一时。意大利乃别无创作，即模仿亦罕。唯Alessandro Verri取材古代，作小说数种。及Ugo Foscolo（1778－1827）出，已在革命之后。Foscolo生于希腊，其先为Venice人，甚爱其故国，及共和政府亡，悲愤不能自已，又以爱恋失意，因为小说*Jacopo Ortis*，言Ortis悼叹身世，终于自殊，盖用以自况。其次第在Goethe之*Werther*与Chateaubriand之*René*之间，虽美妙不能相及，亦一时名作也。

西班牙文学，此时亦颇受法国影响。十八世纪初，Montaigne之文，Corneille等之戏曲，多见移译。Ignacio de Lúzan（1702－

1754）学于意大利，作《诗法》一卷，以 Arcadia 派之说为本，而主义则与 Boileau 一致。Góngora 之诗风，遂因此衰落。唯 Lúzan 之论文艺，与教训合而一之，谓诗与道学目的相同，古代史诗本为启发君心之用，其说多不可通，唯除旧布新，为力颇伟耳。Jose de Hervas，Benito Feijóo 等皆从新派，致力于文，诗人亦渐兴起，然别无名世之作，故不详述。

十七　英国

英国十八世纪上半期文学，大体为门户文学。Tory 与 Whig 二派争长，各以文字相嘲骂，艺文之事，在位者假为政争之具，在下者则依以谋食。一世才智之士，莫能脱其范围，至于末流，则阿谀侮辱，莫不过量，因入恶道，Pope 作 *Dunciad* 之诗，一一加以诛伐，正未为过也。文学目的，既在党争，故讥刺之诗极盛。抒写世相，揣摩人情，亦至深切。虽所言限于都市，研究人生亦肤浅无真谛，而体状社会，类极微妙，为未曾有。文章规范，自 Dryden 以后，益归整壹，简洁晓畅，重在达意，若情思想象，悉所废弃，其内容亦重人事而远天然。以此因缘，十八世纪，乃文盛于诗。小说勃兴，影响及于世界。诗则 Pope 而后，此派渐衰，终趋于变也。

Alexander Pope（1688 — 1744）继 Dryden 之后，为文坛盟主，而不以文为业。译 Homeros 史诗，得酬九万金，遂隐居 Twickenham。人从而称之曰 Twickenham 之壶蜂，言善刺也。尝作 *Dunciad* 以刺当时文士。*Essay on Man* 则教训之诗，虽鲜宏旨，而词义精炼，多为后世称引。其最大著作，为《劫发记》（*The Rape of the Lock*）一篇。以史诗体裁，咏琐屑之事，甚见作者特色，且足为都会文学之代表。女王 Anne 时，英国文化，流于侈丽，士女酣嬉无度，此诗颠到重轻，善能即小见大，时代精神，盖于此可仿佛见之。

英国 Essay 之作，始于 Bacon，其时法国 Montaigne 所作，则流丽轻妙，别具风致。王政复古后，Cotton 二次移译，遂大流行，模仿者甚众，一千七百九年 Steele 及 Addison 刊行 *Tatler*，始用之报章。十一年 *Spectator* 出，改为日刊，于社会万事，俱加评骘，造辞隽妙，令人解颐。每金曜日多论文艺，土曜论宗教以为常。Addison 尝言，吾自学校书库中，取哲学出，而致诸公会茗肆之间。其传布思想于民间者，为力至伟。二人著述，多不题名。谓有公会，集诸名流，以观察所得相告。中有 Sir Roger de Coverley，为乡邑士夫，记其言行，久之成卷，描写性格，能得神似，于小说发达，颇有影响。二人亦著诗曲，唯不闻于后世，其所以不朽者，则唯在报章论文（Periodical Essays）而已。

十八世纪以前小说，大抵皆 Romance 而非 Novel。如 *Utopia* 及

New Atlantis，所言并为理想之乡。Arcadia 之牧人，亦非人世所有。*Euphues* 以游记载其箴言，*Pilgrim's Progress* 则喻言也。Coverley 一卷，几近于 Novel。唯本报章文字，偶然而成，故无脉络以贯之。至 *Robinson Crusoe* 而近代小说始成立。Daniel Defoe（1659 — 1731）毕生从事政教之争，尝以文字之祸，荷校于市，又居狱者二年。独编 *Review*，平论时政。至一七一九年，*Robinson* 初卷出，Defoe 年已六十矣。十五年前，有舟人 Alexander Selkirk，为同僚所弃，独居 Juan Fernandez 岛四年，后得返国。报纸争传其事。Defoe 曾亲往询之，及后遂成此书。想象之力，记叙之才，皆独绝，举世称赏。是后复作小说七种，多记冒险事，写实小说之风，于是始立。*Journal of the Plague Year* 记一七二二年大疫情状，后世史家，至误为事实而引据之。*Memoirs of a Cavalier* 则为最初之历史小说，实开 Scott 之先路者也。

Jonathan Swift（1667 — 1746）作 *Gulliver's Travels*，与 *Robinson* 齐誉。其初亦致力政争，尝任主教，及落职穷居，乃发愤作《游记》四卷，以刺世人。侏儒巨人，浮岛马国，皆非人境，事亦荒唐无稽，而记载如实，乃与 *Robinson* 同。大意仿希腊 Loukianos 作之《信史》（*Alethous Historias*），而设想奇肆，寄意深刻盖过之。Loukianos 所刺，犹有程限，Swift 则意在诅视其所"深恶痛绝之禽兽"，即人类是也。马国之人（Houyhnhnm），马形而人性，具有至德。Gulliver 自视，则身入 Yahoo 之群，圆颅方趾，而秽恶凶厉，不可向迩。平生愤世嫉俗之意，于此一倾写之。论者谓书页间有火焰丝丝散射，善能形容其气象者也。Swift 天性刚烈，有大志而不得申，因孤愤厌世，终以狂易卒。

Defoe 与 Swift 小说，多言涉险，故事迹虽非神怪，亦殊奇于寻常。至以家常琐事为小说者，乃始于 Samuel Richardson（1689 — 1761）。又言感情而非叙事实，故变自述之体为尺牍。一七四一年，作 *Pamela*，又名 *Virtue Rewarded*，篇首署言为培养宗教道德而作。继以 *Clarissa* 写女子心情，皆至微妙。Henry Fielding（1707 — 1754）戏仿其意，为 *Joseph Andrews*，假言即 Pamela 之兄，以相嘲弄。顾初意虽为 Parody，渐乃自忘，成独立之作。一七四九年 *Tom Jones* 出，结构精美，称英国小说之模式。Fielding 书皆记叙，不用尺牍，又不以教训为主，与 Richardson 异，专纪社会滑稽情状。Byron 称其善言人情，名之为 Prose Homeros。次有 Tobias Smollett（1721 — 1771），初仿 Picaresca 作 *Rodrick Random*。其杰作 *Humphry Clinker*，则成于晚年。Smollett 业为医师，附海舶漫游各地，多所阅历。其为小说，则旨在披示世情，使人哀其愚而疾其恶。是三子者，同为当世小说名家，而影响于世者，微有差别。Richardson 以描写性格见长，Fielding 则善图世相，后世小说，由此分为两支。Smollett 乃两无所属盖，乘新兴之流，合写实小说与冒险故事，别成一体者也。

Laurence Sterne（1713 — 1768）作 *Tristram Shandy*，与 Johnson 之 *Rasselas* 同年行世。是书及 *Sentimental Journey*，皆为 Sterne 独绝之作。唯体制略近 Addison，几与小说殊途。Samuel Johnson（1709 — 1784）继 Pope 为文人领袖，编刊 *Rambler*。其作 *Rasselas*，七日而成，但以寄意，初无结构。虽无与于小说之发达，然足见当时小说流行之盛况矣。Johnson 为文，厚重雅正，足为一世模范，且性情高洁，谢绝王公之惠施，一改前此依附之习，立文士之气节，此其功又在于文字之外者也。

Oliver Goldsmith（1728 — 1774）者，Johnson 之友。具行事至乖僻，而文才隽妙。所作小说 *Vicar of Wakefeld* 结构颇散漫，设想布局，或有阙缪，而文情优美，时鲜其俦，古今传诵，盖有以也。又仿《波斯尺牍》作 *Citizen of the World*，设为二支那人 Lien Chi Altangi 与 Fum Hoam 之言，评议英国风俗，凡百十余篇。*Traveller* 及 *Deserted Village* 二诗，亦杰作，形式虽旧，而新精神伏焉。盖都会文学，渐变而言乡村生活，人事之诗，亦转而咏天物之美矣。

自来诗人歌咏，不外自然与人生二事。前代文学，大抵以人为中枢，自然只用于点缀，未尝专为题旨。一七二六年 James Thomson（1700 — 1748）作 *Seasons* 四卷，分咏四时之美，最为首出。二十年后有 William Collins 与 Thomas Gray 等，咏叹自然，而寓以人生，Goldsmith 之诗亦属之。且平等思想，渐益发达，对于人类，具有同情。齐民生活，遂渐代都市之繁华，为文章主旨。又于古代异域之文化，亦多兴趣。一七六五年，Thomas Percy 编刊《古诗残珍》(*Reliques of Ancient Poetry*),民谣始见著录。六十二年 Macpherson 译《Ossian 之歌》,虽真伪难辨,而传播 Celtic 趣味,使人发怀古之情,为力至大。凡是诸流,终合于一,演成新派,以 Cowper,Crabbe 与 Burns 为之先驱。若 Blake 则以画家诗人而为密宗(Mysticism),遗世独立,自成一家,亦十八世纪之畸士,古今所未有也。

William Cowper(1731 — 1800)早年著作,犹守 Pope 矩矱,后乃变更,废对句(Couplet)为无韵诗,又改译 Homeros 史诗。所作 *Task* 一诗,始于一七八五年,凡六卷。言乡居景物,凡节序变化,山林物色,田园生活,以至兽类之嬉戏,无不入咏,类于 Vergilius 之《田功诗》(*Georgics*)。而于微贱之人生,尤有同情,与 Crabbe 相同。George Crabbe(1754 — 1832)于一七八三年作 *Village*,写民间罪恶疾苦,力反前此 Pastoral 之理想主义,归于实写。自言吾画茅檐中事,一如真实,非若歌人所吟。Byron 称之为自然最酷最真之画家,世以为知言。Robert Burns(1759 — 1796)本苏格阑农家子,用方言作诗。一七八六年第一卷出,其歌咏贫贱生活,与 Crabbe 同,而爱怜物类,则似 Cowper。有《咏田鼠》(“To a Field Mouse”)一章,蔼然仁者之言,与 Cowper 之爱及昆虫,谓亦自有其生存之权利者盖相若。唯 Burns 于此二者之外,乃更有进。其诗多言情爱,直抒胸臆,不加修饰,为近世所未有。又以爱其故国,于古代光荣,民间传说,皆得感兴。是皆传奇派之特色,而于 Burns 先见其朕者也。

William Blake(1757－1827)工诗善画，时得灵感，睹种种幻景，其《预言书》(*Prophetic Books*)，则合是三者而一之。一七八九年作 *Songs of Innocence*，以真纯之诗，抒写童心，称绝作焉。爱儿童，怜生物，述常事，皆为新思想代表。复憎政教之压制，理智习俗之拘囿，亟求解脱，故致力于伊里查白时文学。其"To the Muses"一诗，乃叹情思之衰微，冀复返于古昔自由之时代。故其诗上承文艺复兴，而下启传奇主义。十九世纪初，Wordsworth 等出，力抑古典派文学，去人为而即天然。Blake 诗云，

Great things are done when men and mountains meet;
This is not done by jostling in the street.

时代精神盖具于此二语矣。

十八　德国

十八世纪德国文学，发达至速，且称极盛，可与英法比美。前世纪中，前后 Silesia 派，模拟意法，益流于滥。千七百三十年顷 Gottsched 起而振之。著《批判诗法》(*Kritischen Dichtkunst*)，乃纯依 Boileau 之说，其提倡戏剧，亦以法国著作为宗。唯英国文

学思想，亦渐流布，当时文人如Johann Jakob Bodmer等，均蒙影响，相率而起，力斥理智主义，以情思为文学根本，势日益盛。Friedrich Gottlieb Klopstock（1724—1803）作*Der Messias*，虽在今视之，已为陈言，然脱离旧典，依个人情思发为文学，实由此始。普鲁士时以Frederick之功烈，勃然兴起，日耳曼民族亦自觉，发独立自尊之念，于条顿文化，特致爱重，故思潮之来原，多在英国，与法渐远。Christoph Martin Wieland（1733—1813）则自幼受Platon哲学之化，中年著作，多以希腊为归依，或取诸东方，以寄其尚美之教。所作小说*Agathon*及*Musarion*一诗皆是。*Musarion*曰，唯美可为爱之对象。伟大艺术，唯在能分之使与物离耳，即Wieland之主旨也。七十年后，有Boie，Voss等结林社（Der Hainbund），共论文艺，以Wieland崇尚外国思想，颇反对之。此派之诗，以Klopstock为宗，多爱乡怀古之思。Johann Heinrich Voss作田园诗，力主单纯，写乡村生活。Gottfried August Bürger则为民谣大家，其*Lenore*一篇影响之深广，盖不亚于Goethe之*Werther*也。Ossian与Percy Ballads，传译入德国。众始知天籁之美，非人工所能及。其言质实，其情挚诚，多涉超自然之事物，富于神秘思想，皆足感发人心。与Klopstock派之个性主义相合，造成新流。是可谓之Sturm und Drang之一支，而见之于诗歌者也。

Sturm und Drang之运动，始于Herder，而先之以Winckelmann 与 Lessing。二人所事虽不同，而以希腊为艺术模范则无所异。Johann Joachim Winckelmann（1717 — 1768）著《古代美术史》，盛称希腊雕像之美。Laocoon 父子，为巨蛇所缠，而雕像殊镇靖，乃不类 Vergilius 所言。Winckelmann 谓其表示 Noble Simplicity 与 Quiet Grandeur 之精神，为希腊雕刻所同具。Gotthold Ephraim Lessing（1729 — 1781）作 *Laocoon* 一文辨之，以为绘画雕刻，但表物体，诗表行事，不能相通。唯 Lessing 于艺事初未深造，故所论不能甚密。生平事业，乃在戏剧，其说见 *Hamburgische Dramaturgie* 中，推重希腊古剧，以 Sophocles 为典型。英国文艺复兴时戏曲，去古未远，亦可师法，不当以模拟法国十七世纪著作为事。按其主张，盖为纯粹之古典主义也。所作剧 *Miss Sara Sampson*，仿英国 Lillo 作，写日常人生之事，自称 Bürgerliches Trauerspiel。次为 *Emilia Galotti*，为完美之家庭悲剧。其杰作则为 *Nathan der Weise*，取材于 *Decameron*，以三指环立喻，说信仰自由，意谓诸宗之教，各具至理，别无短长，唯比量善果，乃有次第可见，而其时又须在千万年后。其宏博之见，与当世哲人鄙弃宗教，因以放任为信仰自由者，迥不同矣。

Johann Gottfried Herder（1744 — 1803）盖批评家而非文人，故别无创作。幼读 Rousseau 书，又受博言学者 Hamann 教，以为研究人类历史，当自元始状态始。故其论诗，亦以古代或原人之作为主。其说曰，诗者人类之母语，古者治圃之起，先于田功，绘画先于文字，故歌谣亦先于叙述。各国最古之作者，皆歌人也。且其诗歌，各具特色，不可模拟，盖缘言为心声，时代境地，既不相同，思想感情，自各殊异。古歌虽美，非今人所能作，但当挹其精英，自抒情思，作今代之诗，斯为善耳。Ossian 诗出，Herder 著论称赏，谓可比 Homeros。且曰，凡民族愈质野，则其歌亦愈自由，多生气，出于自然。Homeros 与 Ossian 皆即兴成就，故为佳妙。歌人作而诗转衰，及人工起而天趣遂灭矣。Herder 本此意，为诗选六卷，曰“民声”（*Stimmen der Völker in Liedern*），分极北希罗拉丁族北欧日耳曼诸篇，以示诗歌标准。所尊重者为自然之声，感情锐敏，强烈而真挚者也。千七百七十年，Herder 就医 Strasbourg，乃遇 Goethe。其后新潮郁起，Goethe 为之主，而其动机，即在此与 Herder 相识之时也。

Sturm und Drang 者，本 Maximilian Klinger 所造，以名其曲，人因取以号当时之思潮。其精神在反抗习俗，以自由天才精力自然四者相号召。重天才，故废弃法则。崇自然，故反对一切人为之文化。于社会制度，多所攻难，或别据感情判断，以定从违。以情感本能，为人性最高之元素，凡刚烈之士，与社会争或世网者，为人生悲剧之英雄，皆所乐道。至于文体，则忌驯而尚健，尽所欲言，不受拘束。或以一言概之，谓即以本然（Urnatur）抗不自然（Unnatur）是也。Johann Wolfgang Goethe（1749 — 1832）少学律，初仿 Klopstock 为诗，及与 Herder 相见，又受 Rousseau 之化，思想遂一变。复识 Friederike Brion，多作抒情之歌，意简而情真。终复诀去，心怀楚悲，于后此思想，影响至大。七十三年作历史剧 *Götz von Berlichingen*，述十六世纪勇士 Gottfried mit der eisernen Hand 事，为当时代表著作。次年 *Die Leiden des Jungen Werther* 出，声名遂遍欧洲。与 *Pamela* 及 *Nouvelle Héloïse* 同称言情小说之祖，唯写青年之哀愁，足以见时代精神者，则 Goethe 所独具也。已而复爱 Lili Schönemann，然又重其自由，遂去故乡，客 Weimar 侯之廷，一时著作中绝。居十年，忽去而之意大利，漫游一载，思想渐变为纯粹之古典主义，所作曲皆以希腊为式，无复往时不驯之气，Sturm 运动亦渐衰。Friedrich Schiller（1759 — 1805）早岁受思潮影响，作《盗》(*Die Rauber*),《诈与爱》(*Kabale und Liebe*)诸剧，多反抗之音。后见希腊文艺而大悦，又从康德治美学，以美感为人生向上之机。遇 Goethe 于 Weimar，遂相友善，称古典文学双璧焉。Schiller 所作皆戏剧，以 *Wilhelm Tell* 及 *Die Jungfrau von Orleans* 为尤最。Goethe 著小说 *Wilhelm Meisters Lehrjahre* 前后二卷，初言剧场内情，终乃推及十八世纪社会。Wilhelm 游行贵族平民间，从经历中得处世之术，所谓如扫罗然，寻驴而得国也。又仿古代田园诗（Idyll）作 *Hermann und Dorothea*，止写类型，不重个性，为古典派名著。*Faust* 二卷，则成于十九世纪初，盖 Goethe 毕生大著，诗才哲理，皆可于此见之。

Goethe 作 *Werther*，盖受 *Héloïse* 影响。二者并用尺牍体，其

言爱恋赞自然亦相似，又俱与著者身世相关，唯 Rousseau 虽缘 Mme. de Houdetot 之爱，转以写 Julie，而全书主旨，乃在述理想家庭，播布己见。Goethe 则初无寄托，仅直抒所怀愁绪，殆类自序，故深切颇过之。Goethe 既别 Friederike，复悦 Charlotte Buff，而女已字人，因设 Werther 自况，爱 Lotte 不见答，作书遗友朋，以寄其哀怨。唯 Goethe 终复亡去，得自救免，而 Werther 乃断望自杀。是时有少年 Jerusalem 死事与此正同，Goethe 盖于 Werther 自述心曲，而假 Jerusalem 为结束也。凡青年期之悲哀，人所同历，Werther 实为之代表，故其书虽故，而与人性常新。十八世纪末，思潮转变，集为新流，Goethe 此书亦首出。其时人心动摇，郁抑倦怠，不满于现世，彷徨而不得安。Tacitus 所谓人生之倦（Tedium Vitae），十二世纪之沮丧（Athymie），十八世纪之时代病（Mal du Siècle）皆是也。Werther 之悲哀，亦即此时代精神之一面，而 Faust 之不满，则又其一也。

Faust 第一卷成于千八百八年，又二十四年，次卷始出。Doktor Faust 者，德国中世传说之英雄，以求无上智慧故，鬻其魂于妖鬼 Mephistopheles。其说流布民间，或演之为傀儡剧。Goethe 少时日记云，Faust 剧，时系吾心，吾亦尝求种种智，而知其虚空。又阅历人事，益复不满。盖蓄意作此已久。初稿一卷，今通称 *Urfaust* 以别之。其书言 Faust 百不满意，因弃正道，别求神通于天魔，又爱 Gretchen，而终诱之以入于灭亡，盖纯为

Werther 时代之英雄。全书以 Gretchen 悲剧为主体，当时新派诗人 Heinrich LeopoldWagner 作《杀子之妇》（*Die Kindermorderin*），亦取此意，为家庭悲剧。唯其稿初未印行，越三十年，乃刊第一卷。虽以旧作为本，而加以增改，精神绝异。前此之 Faust，为激烈少年，后之 Faust 则深思力行之哲人。其与鬼约，非仅以求婾乐得神智，且实与之角。苟能使自厌足，止其上遂之志者，以魂魄归之，犹约百之往事而反之者也。卷中亦言 Gretchen 事，唯先之以丹室之场，饮丹药以驻颜，为初稿所无。又与 Mephistopheles 誓约之言，亦 Goethe 中年作，其意至第二卷始显。Faust 以魔力事国君，化纸为泉货，召 Helen 之影于泉下，以娱君心，大得宠任。其后分封海隅，乃尽力民事，精进不懈。比及百岁，遂付魂魄于天魔。虽终未满志，亦不悔其虚生。临绝时云，人唯日日为生命自由而斗者，乃克享其生命与自由。天使歌云，凡奋斗不息者，吾侪能救之。故魄归天魔，而魂终不可得，此 *Faust* 一篇之乐天人生观也。Goethe 早年著作，以个性主义为根柢，渐乃转变，染十八世纪利他主义之思想，至晚年益深。以为人生目的，应求个性之发展，唯当以利群为依归，奋斗向上，各尽其力而止。如 Faust 智识幸福，以至真美，皆不能厌足其心，唯置身世间，自为众人中之一人，勉力进行，乃能于不满足中，得人生究竟。此诗解释纷纭，迄今未能悉详，言其大意，或如当是而已。

十九　俄国

俄国在十八世纪前，舍民谣（Bylina）外，几无所谓文学。其初为蒙古所侵，继复苦于苛政，故民气消索，无欢愉之音。又其宗教最足为文化阻梗，盖俄国奉希腊宗，自称正教，与欧洲诸邦不相系属。政教当局，热中卫道，欲以莫斯科为圣教中枢，自命为第二东罗马。拒西欧旁门之教化，唯恐不严，收束民心，俾定于一。以旧本圣书为人天根本指要。有研求学问者，即是我慢。诗歌则多含异教思想，为罪恶种子，故虽民间讴歌，亦在禁列。其严厉之教，殆较欧洲中世尤甚焉。及文艺复兴，各国悉被其泽，并自振起，俄国则略无影响。间有一二先觉，亦悉被教会诛夷。直至十八世纪，彼得一世改革国政，西欧文化始渐渐流入。又以古文不适于用，改作字母，除教仪外悉用之，由是文学稍兴，至十九世纪乃极盛也。

十八世纪上半有Lomonosov，由政府派遣学于德国，乃仿Gottsched派为诗。Sumarokov则多作戏曲，称俄国之Racine。加德林二世初受法国思想感化，提倡学艺甚力，自作喜剧数种，并编月刊以论艺文。一时诗人辈出。Derzhavin以浅近语写优美之情景，为后世所重。Fonvizin（1745 — 1792）以日常生活作喜剧，俄国戏曲，至是乃完成，且多写实之风，亦实开Puschkin之先路者也。Karamzin（1766－1826）为俄国第一史家，尝仿《哲人尺牍》作书一卷，述欧洲自由思想。又作小说，虽颇染当时感情主义（Sentimentalism），而感化之力至大。其一曰Liza，言农女爱一贵家子，终为所弃，赴池而死。一时人心大震，至有自莫斯科驰赴其地，求所言池，凭吊Liza者。俄国农奴制度，久致识者不满，Radischtchev仿Sterne，作《莫斯科纪行》，力暴其恶，至以是得祸。Karamzin所著书，亦多寓微旨。至十九世纪中Turgenjev之《猎人随笔》出，而国人之同情，益因以感发，奴制乃终废也。

二十　总说

以上所说为欧洲古典主义文学大纲。虽历年五百，分国五六，然有共通之现象，一以贯之，即以古典为依归是也。至其精神，则似同而实异。当中古时，教会厉行出世之教，欲人民弃现世而从之，求得天国之福。然人性二元，不能偏重，穷则终归于变。封建制度，与宗教狂信（Fanaticism），合为十字军，而武士文学亦从此起。Troubadour继作，歌神圣之爱，不违正教，而发抒情思，已颇不安于枯寂。游学之士（Clerici Vagi），身在教会，而所作《浪游之歌》（*Carmina Vagorum*），乃纵情诗酒，多侧艳之辞，几纯为异教思想。及东罗马亡，古学西行，于是适会其机，向者久伏思逞之人心，乃藉古代文化为表现之具，遂见文艺复兴之盛。盖希腊之现世思想，与当时人心，甚相契合，故争赴之，若水就下。艺文著作，虽非模拟惟肖，而尚美主情之精神略同。迨至末流，情思衰歇，十七世纪时，遂有理智主义者起，以救其敝。虽亦取法古代文学，而所重在形式，此十七八世纪之趋势，与文艺复兴期之所以异，本源出于一，而流别乃实相抗矣。盖希腊文化，以中和（Sophrosyne）称，尚美而不违道德，主情而不失理智，重思索而不害实行。古典主义本此而复有异者，各见其一端故也。

文艺复兴期，以古典文学为师，而重在情思，故可谓之第一理想主义时代。十七八世纪，偏主理性，则为第一古典主义时代。及反动起，十九世纪初，乃有理想主义之复兴（Revival of Romanticism），不数十年，情思亦复衰歇。继起者曰写实主义，重在客观，以科学之法治艺文，尚理性而黜情思，是亦可谓之古典主义之复兴也。唯是二者，互相推移，以成就十九世纪之文学。及于近世，乃协合而为一，即新理想主义（Neo-Romanticism）是也。

第四章　传奇主义时代

二一　绪论

英人 Strachey 言，法国革命如暴裂弹丸，十八世纪文人，合力制作，以至于成，及其猝发，投者亦与俱尽，旧制固悉颠覆，而“哲人”之精神，亦以消散矣。其时凡百更张，艺文标准，亦须改作。传奇主义者，精神颇似文艺复兴，所向慕者为中古文化，而自具清新之气，于世界文学，新辟径涂，其力实至伟也。法国革命前，Rousseau 首出创复归自然之说，Saint-Pierre 继之，而中更扰乱，复经帝政，文艺思想，亦见迫压，乃稍稍停顿。传奇派之发达，遂转迟于德国。德以 Goethe 等之影响，Novalis 辈继 Sturm 运动之后，别立新派，展布至速。英则自 Crabbe 等出，已开传奇派先路，至 Wordsworth 乃成独立宗派。Byron 与 Shelley 二人，凡自由不羁之气，悉寄于诗，影响于世尤巨。意大利Foscolo之后，有Manzoni与Leopardi。俄则有Puschkin，又以移植Byron著作，文事于是大盛。十九世纪上半，盖为传奇主义盛极之时，欧土各国，悉有表见，以上所举，其最著者也。

传奇主义以拒古典主义之文学而起，一言以蔽之，则情思对于理性之反抗也。精神所在，略有数端。一曰主观。古典派文学，专重形式，至屈个性以从之。今则反是，欲依个人之感性思想，立自由之艺术，以能达本己情意为先，形辞句皆所不顾，所谓抒情诗派（Lyricism）也。二曰民主精神。法国革命，去贵族政治而为民主，其精神亦见于艺文。十八世纪都会之文学，一转而言村市，咏叹田家，颂美天物，其风始于Rousseau与Crabbe之时，至Wordsworth而大成。所著《抒情诗集》（*Lyrical Ballad*）序中，申言其意。盖纯朴生活，不为因袭所制，田家习俗，又发自根本之感情，未受礼文涂饰。故人性之显见者较真，人生之意义与真相，因亦易于观取也。三曰惊异之复生（Renaissance of Wonder）。传奇派文学既以表现情思为主，故贵能撄人心，发其想象感情，得会通意趣，人间常事，不足以动听闻，则转而述异。凡幽玄美艳，或悲哀恐怖之事，皆为上选。神话传说，于是复兴，唯所取者非古代而在中世，如武侠之俗，虔敬之信，神圣之爱，空灵神秘之思，皆最适于当时之人心。英人Pater谓传奇主义之精神，为好奇与尚美，中古景慕（Mediaevalism）之风，即二者之发现是也。超越现时，求瑰奇于古，遂复转而搜之于异地。故其一面，即为异域趣味（Exoticism）。欧土而外，远及东方，所取不厌其怪诞，唯患其不新异。Ruskin 论雕刻建筑，说 Romantic 字谊，谓指未必有或不习见之美，正得其精意也。Classicism 之名，出于古典。Romanticism 则云传奇。二者之异可见，唯根本差违，仍如上述，名义所示，但一事耳。

二二　法国

法国革命后，丧乱弘多，文学无由发达。至帝政时，愈益衰落。那颇仑虽极赏 *Paul et Virginie*，以 *Werther* 自随，而当时文网乃极密。甚至涂改 Racine，禁止 Molière，凡自由思想，皆在芟夷之列。并世文人，或缄默不言，以待时会，或则再拜颂皇帝功德以取容。Hugo 尝言，当举世匐伏那颇仑陛下时，唯有六诗人，立而不拜。益以 Hugo，盖七人耳。前六人中 de Staël 夫人与 Chateaubriand 称最胜。多所著作，于新文学之发展，甚有功绩。然所以能至此者，半固由于才能，半则由于境遇。二人者，或家世富贵，颇有余闲，或寄迹异地，不被禁束，故发表思想，得悉如其意。de Staël 夫人引德国思潮于法，续新旧世纪之坠绪。Chateaubriand 则反抗哲人之唯理主义，发扬个人情思，提倡中古文化，实为传奇派之首出也。

de Staël 夫人本名 Germaine Necker（1766 — 1817），父为法国首相，归于 de Staël-Holstein 男爵。读 Rousseau 书，乃倾心自由之义。那颇仑忌之，放于国外。遂居 Weimar，与德国当世名人友善。一八一三年著《德国论》（*De l'Allemagne*），凡四卷，首论风俗，次文学，次哲学，次宗教。介绍德国思想，谓足供国人效法。当时法人方热中军国主义，妄自尊大，以为爱国，又方以德为仇雠，故书出即被政府禁止焚弃。惟英京所刊尚存，其影响于后日文坛者甚大。de Staël 夫人以为一国文学，与时代种族政治社会，皆有关系，自然而成，不可强效。拟古之诗，行不能远，以其古典精神，与国民生活，已无系属。古代文学之在今世，盖为客籍之艺术，能相会通而不能和合。唯传奇主义，源出骑士文学，实本国之土著，自国民宗教制度而生，故为可重。其举德国著作，为文学模范，即本此意也。

François René de Chateaubriand（1768 — 1848）亦六诗人之一，唯其不从那颇仑者，缘王党也。遁于英者数年。千八百五年作《基督教神髓》（*Génie du christianism*），称一生杰作。十八世纪哲人，斥宗教为迷信，能为文化之障。文学美术、则求感兴于古代，以希腊罗马为依归。Chateaubriand 一反之，力为基督教辩解。首卷论玄义，次二卷论宗教艺术之关系，以为一切教中，惟基督教最富诗趣，近人情，教义祭礼，均极壮美，足为艺术源泉，中古骑士文学，实国民宗教精华，胜于古代异教之思想。其言虽未为定论，然引起宗教感情，别辟文学之途径，则此书之力甚多也。又自作小说，载之书中，以为实例。其一云 *Atala*，叙荒原中二野人爱恋之事，可与 Saint-Pierre 比美。其二曰 *René*，则自抒所怀，仿佛 *Werther*，唯其无端之哀怨，尤怆楚而不可救。*René* 迫于人间之本性，欲得不自知之幸福，遍历诸境，悉不自满，终至美洲，别求新生，而此心讫不得安，后乃死于内乱。综 Chateaubriand 著作，要旨有三。一为基督教，二为自然之美，三为个人。其源发于 Rousseau，唯景慕中世，则所独有。合是三者，而传奇主义之思想，于是具足矣。

René 一篇，写著者本己之感情，又实即“时代病”情状，故复别有价值。Étienne Pivert de Senancour（1770 — 1846）之 *Oberman* 亦与此同，是书以尺牍体为小说，颇类自传。别无结构，但直白心曲，忧来无端，莫知其故，希求慕恋，而别无准的，所谓幻灭之悲哀是也。Benjamin Constant（1767 — 1830）与 de Staël 夫人之爱，见于小说 *Adolphe* 者，亦此悲哀之一端。Adolphe 与 Ellenore 相爱悦，然终彷徨不能安，离合两无所可，互以为苦，而复藉以为慰。de Staël 夫人之 *Delphine*，则因爱而至与社会抗，顾终不见知于所爱，乃遁死美洲之野。凡此诸作，皆为抒情派小说。或假托事迹，或直申怀抱，虽形式殊异，而发表个人诚实之感情，则同具理想派特质者也。

一八二二年 Hugo 与 Vigny 诗集出，理想派始大盛。其先有 Alphonse de Lamartine（1790 — 1869），于千八百二十年刊诗集曰“冥想”（*Meditations*），纯依感兴，即事成诗，断绝十八世纪雕琢之习。影响之大，殆足与《基督教神髓》比次。Lamartine 著作，以个人情思为主，爱慕自然与宗教，亦与 Chateaubriand 同。唯又能于爱恋信仰中，觉得慰藉，故悲哀得稍减也。Victor Hugo（1802－1885）虽以小说名世，而实为纯粹之诗人，叙事抒情皆极妙。赞美自然，以为人类之母。民主精神，亦充溢文字间。有《历代传说》（*La Légende des siècles*）三卷，述世界大事，始于创世至末日裁判而止，称法国最大之史诗。又于改革戏曲，亦有劳勚。一八二七年作剧曰 *Cromwell*，力斥古典派规范，以英德著作为式，创立新剧。*Hernani* 案后，传奇派遂胜，有力于剧坛者垂十六年。惟其溷合悲喜二剧分子，乃成世俗之 Melodrama。第以奇诡之景，荒诞之事，激荡感情，亦有矫枉过直之失，论者或比之影戏（Phantasmagoria）。是派词人，虽最致力于戏曲，而终未能有所造就。惟摧毁旧式，导后来社会剧之先路，是为其功绩耳。

伯爵Alfred de Vigny（1787－1863）本武家，少即从军，多历世故。中年去职治文事，博览希腊文学，《旧约》及十八世纪哲人之书。所著诗集，中分古代犹太近世三部。叙事之才不及Hugo，惟即事寓意，思想深挚，亦传奇派所未有。又仿Scott作历史小说*Cinq-Mars*一卷。又有小品集，一曰“军役”（全文为*Servitude et Grandeur militaires*），一曰*Stello*，记英法三诗人之悲剧，叹才士穷涂，与《摩西》（“Moïse”）一诗同并出于宿命论。盖Vigny

一生，实抱厌世思想，然与Chateaubriand等又殊异。其所以悲观者，初非由身世之感，惟审察人生，洞见虚幻，觉醒之悲，于是兴起。《参孙之怒》（“La Colère de Samson”）一诗，言人世爱情之幻。《橄榄山》（“Mont des Oliviers”）一篇，述耶稣故事，求上帝不得见，而犹大（Judas）即伏其旁，则对于宗教之悲观也。自然者，传奇派所谓人间之慈母。Vigny则于《牧人之家》（“La Maison du Berger”）诗中，述自然之言曰，吾芒然岸然，投人类于蝼蚁之旁。由吾视之，人与蚁等。吾身负荷，而并不知其名。人谓吾为母，而吾实一冢耳。非人生辛苦，亦无庸有所怨尤，但当委心任运以待尽，如《狼之死》（“La Mort du Loup”）诗中所言老狼，负伤忍苦，默然而死。此实Vigny之斯多噶派厌世哲学也。以是悲观，遂于一切有生，起哀悯之念。“Éloa”弃神国之乐，以从沦落之天使，即以表其对于罪恶之同情，乃不异于Hugo也。

Alfred de Musset（1810 — 1857） 与 Théophile Gautier（1811 — 1872）同为传奇派大家，而正相反。Musset纯为主观之诗人，Gautier则重客观，已为新派前驱。Musset天性善感，又受Byron之化，故以诗与爱为毕生事业。诗皆直抒其心曲，又作自传体小说一卷，并有名于世，而喜剧集为尤最。当时戏曲，颇杂揉无序，Musset所作，则仍依旧式，纯属喜剧性质，而自具特色。其所描写，非属一时一地，并为人世共通之事，大抵以爱恋为材。虽出空想，亦违现实。剧中主人，即为著者本己，故尤深切而有味也。Gautier 早年多作华丽奇诡之诗，含有传奇派色彩，惟所言死生爱恋诸事，非以写自发之感情，实藉以寄其词华。一八五二年诗集《珐琅与雕玉》（*Émaux et Camees*）出，Gautier 纯艺术之主义，于是益著。意以为艺术独立自存，不关道德情思之如何。文学亦其一支，当与雕塑绘画并论，以技工为重。故其为诗，自比于匠人错金，或施浮雕于贝玉。Hugo《东方诗集》（*Orientales*）中，已见端倪，Gautier 乃扩而充之。后此作者，奉之为渠帅，立高蹈诗派，殆可谓之传奇与写实二者之中介也。

二三　又

法国传奇派小说中，抒情派最先起，历史小说继之。前者本于主观，写个人之情思，如 René 等是。后者本于好奇，仰慕中世，深致颂美，乃以想象之力，复起古代事物，著之篇章，虽虚实淆溷，论者或至谓即历史小说之名，亦不得立，顾著作本旨，第一寄怀古之情，初非用以教史实，则虽有失征，固无妨也。

一八三一年 Hugo 著《巴里我后寺》（*Notre-Dame de Paris*），足为此派代表。Hugo 本诗人，富于文词想象，所作为历史小说，而大似史诗，又似剧曲，似抒情诗，顾独少历史价值。盖精神所在，止于赞美中古艺术，假大寺为中枢，故描写至精，论建筑至百数十纸，令读者生厌，可以知其大略矣。《哀史》（*Les Misérables*）一书，亦多含历史要素，篇卷浩繁，稍失杂糅，然善能表见著者思想，如对于无告者之悲悯，与反抗者之同情，实为全书主旨。社会情状与哲学论议，俱羼杂其中，Hugo著作短长，毕见于此。早年作《死囚末日记》（*Le Dernier Jour d'un Condamné*）及 *Claude Gueux*，平论死刑，力主停废，其人道主义之思想，与俄国之Tolstoj殆相仿佛也。

Alexandre Dumas（1803 — 1870）作戏曲，有名于时，尤以历史小说见称。幼好英人Scott之书，因仿为之，共成千二百卷。有曰"三铳兵"（*Les Trois Mousquetaires*）与 *Monte Cristo* 者尤胜。盖以有传说（Saga）趣味，故儿童深喜之。以较Hugo，则历史小说体式，至是尤备，第论文艺，乃远不逮耳。

此时别有二派小说，与前者稍异。一曰George Sand之理想派，一曰Balzac之写实派。理想派近于抒情，唯其描写田家与自然之美，虽本理想，亦不废观察。写实派则去古时史迹，转述现时之社会，虽叙世相，而仍杂以想象，故又与后之写实主义不同。George Sand（1804 — 1876）本名Amandine-Aurore-Lucille Dupin，幼育于母家，习知农家情况。长至巴里，读《基督教神髓》，Rousseau与Byron著作，大被感化。归Dudevant男爵，不相得，十年后遂离别。从事文学，以Sand自号。所作凡分四期。初为抒情小说，力攻男女不平等与无爱之结婚，盖半由 Rousseau 等之思想来，半出于一己之经历。次乃倾心于社会主义，假小说为传布道具，艺术价值，多不足称，然由为我而转入利他，一改人生观念，则影响至大。第三期之田园小说，实为 Sand 杰作，如《鬼沼》（*La Mare Au Diable*）及 *François le Champi*，皆写故乡农民生活，优美而诚实，为法国文学所未曾有。Sand 之理想派，亦由是得名。第四期小说，多取爱恋为材，颇似初年之作，唯无复激昂之气，但述优婉情事，以良时胜景为衬帖，则类田园小说也。

传奇派之写实小说，Balzac 称最大，而实发端于 Stendhal。Stendbal 本名 Marie-Henri Beyle（1783 — 1842），好十八世纪物质论，以幸福为人生目的，故归依强者。极赞那颇仑，以为人生战士代表，屡从之出征。及那颇仑败，遂遁居意大利卒。所作书不与传奇派同，惟多写人间感情，颇复相近。若其剖析微芒，乃又开心理小说先路。其小说以《赤与黑》（*Le Rouge et le Noir*）为最。Julien Sorel 出身寒微，然有大志。绛衣不能得，则聊以黑衣代之，诱惑杀伤，历诸罪恶，终死于法。殆可谓野心之悲剧，亦足以代表人生精力之化身者也。Stendhal 生时，颇为 Balzac 与 Mérimée 所称，然世不之知。至十九世纪后半，始渐为时人师法，如所自言云。

Prosper Mérimée（1803 — 1870）思想，颇受 Stendhal 影响。Stendhal 推崇强力，恶文明之范物，至自绝于法国，以 Milano 人终。Mérimée 理想所在，则为中古时，或蛮荒之地，人生精力，未为文化销损，犹存本来者也。其著作别无传奇派特性，惟此一端，差为近似，盖惊异复兴之一面，即有遗世之想，蕴藏于中耳。Mérimée初作戏剧，诡云中古西班牙人Clara Gazul作。又托Hyacinthe Maglanowich名，作古史诗曰*La Guzla*，一时惊以为真。小说最胜者有*Colomba*，记Corsica岛朴野之风，与欧陆文明相较。其叙亲属报仇（Vendetta）之习，及山林亡命（Banditti）生活，皆有生气，令读者觉浮华之社会，良不如所谓蛮岛者胜也。Mèrimèe人生观似Stendhal，而文术更进。等用客观，而复富于想象，剖析心情，纪述事物，皆绝精密，逾于传奇派小说之外。本为考古学专家，通历史言语诸学，故造诣甚深。又治俄国文学最早，为之介绍于世，于欧洲文学，甚有功也。

Honoré de Balzac（1799 — 1850）世称传奇派之写实家，盖其写状人生，务求实在，实开十九世纪后半写实主义之先，惟亦时杂幻景，故仍属传奇派。以艺术言，则Stendhal与Mérimée所作书，尤为完善。但影响于后世者，殊不及Balzac之大。Balzac作小说甚多，可与Hugo相比。Hugo为诗人，饶于神思，以是特长传奇。Balzac则小说家，善于审察世相人情，图其形状，故Hugo作《哀史》不能尽善，而Balzac得奏其功也。所著小说统名之曰“人生喜剧”（*La Comédie Humaine*），复分都市乡邑农村政治军事私人诸生活，哲学分析诸研究等，网罗社会一切现象，而成人类之自然史。自言将如博物学者，观察人生，记载真相，无所评骘。凡善恶美丑，祸福苦乐，由彼视之，仅为事实之一端。其视人类与一草一虫，并无差别，栖息天地间，更无自由之意志，但以天性之激促，外缘之感应，缘生动作。作者之职，即在集录此种种因果，而宣布之。此统系研究之法，实为后世写实派所本，第在 Balzac 时，犹未能致于完善。盖传奇派嗜异之风，时或发露，事故人物，多涉怪幻，或入感情小说一流境地。且所见社会情状，偏在中流以下，图写人性，亦多鄙俗之流。凡高上生活，与优美性格，皆未能摹绘尽善，然其创始之功，自为不朽也。小说中有 *Eugénie Grandet* 写吝啬人之类型，*La Père Goriot* 写溺爱之父，皆极妙。《人生喜剧》全部中，以此二篇为杰作云。

二四　英国

英国传奇派文学，始自 Cowper 等三诗人，至一七九八年 Wordsworth 等之《抒情诗集》出后，势乃大盛，其精神所在，并为爱自然，怜生物，重自由，后先盖无异。慕古之风播宣于 Percy Ballads 及 Ossian 者，则后有 Coleridge 之诗，Scott 之历史小说为代表。惟此他小说，未能发达，仅 Austen 继 Richardson 之后，以心理小说名，然殊不及法国之盛矣。William Wordsworth（1770—1850）少慕自由，闻法国革命而大悦，奔赴之，效力于 Girondin

党，亲属危之，绝其资斧，遂返英，而同党不久旋覆没。及恐怖时代起，继以那颇仑之治，因大失望，然仍信革命原理，略不疑贰。Wordsworth 深爱自然，与友人 Coleridge 居于 Grasmere，所隶之郡多湖沼，世因谓之湖上诗派，第以人与地言，实于诗无与也。二人共纂《抒情诗集》，Goleridge 仅有《古舟师之歌》一章，余并 Wordsworth 作。Wordsworth 为自然与人生之诗人。其人生之诗，约可分为三类。一曰儿童生活，二曰田家事物，三曰自由精神。《抒情诗集》序中，已自陈述其意。而对于自然，尤具别见。古昔诗人，凡所咏歌，大抵限于人事，或以自然为背景。次乃因人而推爱及于自然，终至 Cowper 之俦，则咏自然之纯美。Wordsworth 顾以自然而爱及人间，乃与诸家绝异。盖所爱非物色之美，而在自然中之生命。意谓万物一体，以离析故，是生各种色相，唯生息相通，仍得感应。为说与 Neoplatonism 类，后代密宗（Mysticism）多出于此，第 Wordsworth 则推崇自然，虚心净虑，以观物化，终能与神化感通，入于圆融之境体知人生真义，犹 Blake 所谓人与山遇，大事乃成矣。是故山林物色，最足为观察之资，其歌咏人生，亦多本此意。儿童天真尚存，田家生活，又多出于根本感情，均与自然相近，此所以可贵。而民主思想，则又其一因也。

Samuel Taylor Coleridge（1772 — 1834）与 Wordsworth 共撰《抒情诗集》，然著作绝异。以传奇派精神言，Wordsworth 为复归自然一流表率，Coleridge 则惊异之复生也。所作《老舟师》（“The

Ancient Mariner”）一章，以民谣（Ballad）式述海上神异，多见异物奇景，虽在世间，实非人境。经历无名之恐怖，其力在能感人，而非以喻人，为传奇派之一特色。老舟师杀一信天翁（Albatross），乃见异兆入于凶境，本出民间俗信，顾著者之人生思想，亦寄其中。海鸟依人，初无猜忌，而舟师杀之，自破“爱律”，绝于众生。故其心灵自见放于孤独之境，唯旧爱复生，始获解免。故诗有云，孰爱大小万物，爱最深者，其祷最善。唯神爱人，是造一切，亦是爱一切故也。此与十八世纪诗人爱怜生物之思想，本亦一致，唯 Coleridge 托之神异之诗，故晦而不彰耳。所作又有 *Christable*，咏中古事，只成第一卷。又尝梦见忽必烈汗宫殿，作诗数百行，觉而记之，方半，为友所扰，余遂忘失，亦不复续成之。中年以后因病服阿片，久而成癖，不克自振，著作遂少。

Coleridge，Wordsworth 初并倾心于法国革命，后失望去之不复顾。在英国文学中，足为革命精神代表者，实唯 Byron 与 Shelley 二人。George Gordon Byron（1788 — 1824）系出 Burun，本北人，随威廉入英，世著武功。盖桀骜不驯之气，犹多存 Viking 余风。Byron 叔祖，以 Wicked Lord 著名，其父本大尉，则俗称 Mad Jack，故 Byron 一生，亦多奇行，任一己之性情，与社会抗拒，世稍稍爱其才，然复短其行。一八一五年，与妻离婚，世论甚薄之。Thomas Moore 著传中及其事，其言曰，世之于 Byron，不异其母，忽爱忽憎，了无判别，盖实录也。而 Byron 亦自此去国，不复返。

初欲助意大利独立不成。及希腊起抗突厥，遂倾资助之，躬自从军，规取 Lepanto，以热病卒于 Missolonghi，年三十七。希腊政府为行国丧，意大利志士玛志尼亦云，兴吾国者，实 Byron 也。其行业亦至足重，不仅以诗传矣。

传奇派思想，最有影响于后世者，为推重个性，摧毁旧章一事，Byron 殆其代表。凡新潮涌发之初，俱由反抗，传奇派欲去人为而即天然，超现世而慕中古，亦即对于当时之不满。唯 Wordsworth 诸人并能止于中庸，就理想中，求得安住。Byron 所希，则在如其个性。及抑于社会，复不能屈己从之，于是其争益烈。Byron 尝曰，吾欲乐而得苦，是即其不平之因。论诗有曰，诗即情耳。弃意志以就本性，别不制于外法，则其主张之旨。盖个性主义，至是而达其极矣。Byron 以诗表其性情，故诗中主人，大抵自况。与 Chateaubriand 及 Musset 之作同，共通之“时代病”，亦于此可见。唯 René 等郁抑哀愁，流于颓放。Byron 之英雄，则失望厌世，多复抗争。如《海贼》（*The Corsair*）之 Conrad，如 Giaour，如 *Cain* 篇中之 Lucifer，皆甚自尊大，与不可争之运命力争。如 Manfred，则厌世太甚，至欲死灭，冀得自忘，或以比 Faust，唯 Goethe 能得解决，而 Byron 终不厌足，此又其异也。英人素重中庸，故于 Byron 之人与诗，责难者众，然其影响被于世者，实甚大。Edmund Gosse 之言曰，欧洲列国，有欲反抗专制之政治，或虚伪之礼俗者，其国文人，皆能于 Byron 诗中得其感兴。十九世纪俄国波阑文学之复兴，即由此起。德法意诸国并世诗人，亦殆无不受其感化者。盖为知言矣。

Percy Bysshe Shelley(1792 — 1822)与Byron同称革命诗人，而其意尤深切。盖Byron之反抗，仅缘一己之不平。Shelley则本于哲学思想，欲毁坏旧制，建立溥遍之和平。少时读Godwin之书而喜之。肄业Oxford大学，著文言无神论之要，遂见斥逐。又以娶寒家女，失父欢，漂流无所依止。一八一一年始识Godwin，从之游，爱人类重自然之心，愈益发达。William Godwin（1756 — 1836）著*Enquiry Concerning Political Justice*，以为人性本善，由外缘之力而生差异，故人实一切平等，若去政教阏障，必能至于具足之境。以教区为基本，一切自治，而总之以一院制之议会，每年集议一日，平论政事。唯欲达此目的，当以劝喻，毋用强暴。此哲学之无政府主义，出于Rousseau而更有进。Shelley思想，即由是来，时见于所作诗曲。*Queen Mab*中云，罪恶非生于自然，实唯帝王牧师政客，摘人道之华于萌蘖之际。*Prometheus Unbound*一篇，取材希腊神话，补Aiskhylos亡诗，尤为杰出之作。大神Zeus虽暴，终至覆亡，Prometheus还得自由。唯能忍能恕能爱能抗(to defy)，乃究竟获胜，创造黄金时代。人人平等，无阶级，无部落，无民族，无畏惧崇拜，各为其君，此即Shelley之理想世界也。至*The Revolt of Islam*之时，述Laon与Cyntha欲兴希腊，不以暴力而用感化，恕人之恶而不自逃死，则无神论者又复近于元始之基督教矣。Shelley爱人，因推及物类，常菜食，买鱼放之，尤好施予。其反抗之精神，盖本于利他，与 Byron 之为我者大异。后客意大利，一日方泛舟海上，会大风雨，遂溺死。其诗宣传所怀主义，又多作抒情诗，尤为世所赏。

John Keats（1795 － 1821）与 Byron 等同时，故三人常并称，然思想实不相近。英诗人自 Thomson 以来，至于 Shelley 大率悲悯人世，意在改进。Keats 则不然，所赞扬咏叹者，唯美而已。少时学医不成，读 Spenser 诗与 Homeros 译本而好之，因倾心于希腊及中古文化，所为诗亦取材于是。其论诗盖出纯艺术派。*Endymion* 诗开端云，美物为永远之乐。《咏希腊陶尊》云，美即真，真即美。地上之人，所知唯此，应知亦唯此。故以为诗之目的，在于享美。若 Wordsworth 之哲理，Shelley 之人道，皆所不取。唯奉 Spenser 之说为师法，可与其师并称诗人之诗人（Poets' Poet）也。

Walter Scott（1771 － 1832），苏格阑人，初撰集本土民谣为《苏格阑边境歌集》二卷。又自作记事诗，如《末叶歌人之歌》（*Lay of the Last Minstrel*），《湖上女子》（*Lady of the Lake*）皆有名。时 Byron 作 *Childe Harold* 亦仿其体，Scott 自审不敌，遂弃诗不复作，转而作小说。一八一四年 *Waverlay* 出，立历史小说之基本，影响被于世界。十七年间，共成三十余种，*Ivanhol* 一篇，至今传诵不衰。Scott 著作，虽诗文不同，然为“传奇”（Romance）则一，仰慕中古之风，亦悉寄焉。其人生观尚武勇正直，以古人奋斗之生活为典型，善能实践其言，至于自由不羁之气，则未尝有。尔后仿之作历史小说者甚众，如 Ainsworth 及 Lytton 等，颇著名一时，然并为小家，无足称述。

Jane Austen（1775 － 1817）与 Scott 同时，俱作小说，而而性质迥别。Scott 撰著，皆传奇之 Romance，在 Austen 则为写实之 Novel。有 *Sense and Sensibilit* 等六种，其时 M.G.Lewis 等所著之怪异小说盛行于世，故稿积十余年不售，一八一一年后始渐刊印。所作承十八世纪 Richardson 等之法，描写世相，剖析人情，类极微妙。生当传奇主义时代，而倾向于写实，与法之 Mérimée 等相似。唯 Mérimée 喜言蛮荒异地，Austen 所叙，则中流社会日常情事，又稍稍不同。法国传奇派之写实小说，后遂进于自然主义，发达甚盛，英国则竟中绝。至维多利亚时代，仅 Thackeray，可相仿佛而已。

十九世纪上半，英国报章颇发达，论文亦大盛，如 Addison 时代，唯发表个性，益为真挚。Charles Lamb（1775 － 1834）为东印度公司书记，作 *Essays of Elia* 二卷，仰慕古昔，多追怀感慨之谈，诙谐美妙，称未前有。Thomas De Quincey（1785 － 1859）以《自叙传》（*Confessions of an English OpiumEater*）得名。所作小品，有散文诗（Prose Poem）之美，尤为世所称。William Hazlitt（1778 － 1830）以评骘著，有《时代精神》（*Spirit of the Age*）一书，平议当时人物，称最佳也。

二五　德国

德国传奇派文学，始于Goethe，已复中变，Weimar之地，反为古典文学中枢，于是反动以兴，有Jena传奇派之运动。一七九八年Tieck与Schlegel兄弟，创刊杂志于Jena，以宣传主义，向往中古，上求玄美。Friedrich von Hardenberg（1772—1801），自号Novalis，尤为尽力。作小说*Heinrich von Ofterdingen*，与Goethe之*Wilhelm Meister*相抗，谓有中古歌人（Minnesinger），遍历世间，索求理想之幸福，以青华为象征。Ludwig Tieck（1772—1852），初抱悲观，后治文学，以自宽解，编刊童话（Märchen）甚多。盖缘不满于现世，因托神异之境，以写怀古之情也。所作戏曲，亦均如是。

第一次传奇派运动，至千八百四年而衰歇，乃有第二次运动，起于Heidelberg（1806），以Ludwig Achim von Arnim与Clemens Brentano为渠率。时Jena战后，那颇仑之势日张，德人先亦自觉，爱国思想，浸及于文学，故传奇之旨、虽无异于前，而国家观念则顿炽。昔之写中世异域者，今多以日耳曼为限，或言现代民间生活。Arnim等二人辑民谣集曰*Des Knaben Wunderhorn*。同时Grimm兄弟，亦纂童话集，至一八一二年刊行，为传说集巨制也。

千八百八年 Arnim 等移居柏林，复兴第三次运动，世称柏林传奇派。一时人士景附，不复限于一隅。Heinrich von Kleist(1777－1811）初为军人，后弃而就学，又不自满。目睹邦国离散而不能救，因大忧愤，所作曲有 *Die Hermannsschlacht*，述 Hermann 游说 Marbod，联合诸酋，共拒罗马。又小说 *Michael Kohlhaas*，言正士受枉而不得直，乃至走险。皆假古代以言时事，讽示独立。至一八一一年，感念身世，愤激弥甚遂自杀。Theodor Körner（1791－1813）居维也纳，以作剧得名。一八一三年从军，死于 Leipzig 之战。有诗集曰“琴与剑”（*Leyer und Schwert*）即军中所作，多爱国之音也。

传奇派诗人，以宣传东方趣味著者，有 Friedrich Rückert（1788－1866），为东方语教授，译述印度波斯支那亚剌伯希伯来诸国诗歌甚多。August von Platen 继之，唯 Arnim 一派之民谣，尤为盛行，诗人辈出。Joseph von Eichendorff（1788－1857）以善咏天物之美，述民间悲观之情，著称于世。又作小说曰“惰人传抄”（*Aus dem Leben eines Taugenichts*），叙一歌人之行旅，实言情而非叙事，为抒情派小说佳制。Ludwig Uhland（1787－1862）生于 Swabia，少读民谣集，深受感化，其作亦以歌谣称最。尝自言诗当与民间生活有所系属，非以表个人情意。凡诗之美者，皆本于民间习俗宗教。故其歌虽一人之作，而以表见共通之感情为职志。Wilhelm Müller（1794－1827）本靴工子，多作抒情诗，尤以民谣见称。歌咏自然，颇如Eichendorff，至化身为圉牧农夫，言其哀乐，乃尤为深挚，盖似Uhland而更过之，又作《希腊人之歌》(*Lieder der Griechen*)，赞美希腊，宣扬自由。则本其爱国思想，而推及异邦，亦可以见时代精神之一端者也。

Eichendorff等乐自然而慕古昔，虽或不满于现世，然亦无所抗争，至Heine与Lenau，乃又大异。Heinrich Heine（1797—1856）本犹太人，少时以爱恋失意，作诗曲多怨尤之辞，有Byron余风。一八二六年《诗集》(*Buch der Lieder*）及《旅行记事》(*Reisebilder*）出，始大得名，世以罗马诗人Catullus相拟。《旅行记事》略仿*Sentimental Journey*，指摘旧俗，笑骂并极佳妙。普奥诸邦，至禁其传布。千八百三十年移居法国，而著作不辍，为少年日耳曼派领袖。Heine思想虽属传奇派，唯信人生进步，能至圆满，颇似十八世纪哲人，故进取之气颇盛。其悲哀之思，亦非本于悲观，半由诗风感染，与神经之疾使然。晚年遂以偏枯死焉。Lenau本名Nikolaus Niembsch（1802—1850），生于奥地利。少而怀疑，感种种不满，展转不得安止，乃假诗歌以表情思。博观自然，又无一非衰落悲哀之象，故所喜咏者，多为深秋风物，如落叶，无声之鸟，及诸垂亡之美，皆为最上诗材。十九纪前半，悲观思想，充塞欧洲。革命不成，政治复古。神圣同盟以后，政教反动，复古而又加厉，人心趋于绝望。Schopenhauer派厌世哲学，遂风靡一世，而在危亡抑塞之国为尤甚。奥以Metternich政策，苦于苛暴，为日耳曼诸邦最，故影响之被及于文艺者，亦最著。Lenau 实其代表，与意大利之 Leopardi，并称十九世纪厌世诗人也。

厌世思想，及于戏曲，于是有运命剧（Schicksalsdrama）者出。Zacharias Werner（1776 — 1823）作《二月廿四》（*Der vierundzwanzigste Februar*），其创始者也，凡祸患相寻，报应有定，不可幸逃之义，早见于希腊悲剧中，至是特重陈之。唯其义有偏至，或怵惕于时地之偶合，或过信报施之无爽，转入迷信，故发达亦不盛。奥之剧家 Franz Grillparzer（1791 — 1872）初作 *Die Ahnfrau* 一剧，言先人失行，祸及苗裔，至灭门而后已，为运命剧中杰作。后复改途，取材希腊传说为古剧，如《金羊毛》（*Das Goldene Vlies*）三部曲，虽间含运命说（Fatalism）之意，然已与前作异矣。

德国传奇派小说作者，首有 Friedrich de la Motte Fouqué（1777 — 1843），喜中古武士故事及北欧传说，多所撰述，为之流通，今有 *Undine* 一篇，尚传诵于世。Adelbert von Chamisso（1781 — 1836）本法人，移居德国，治植物学。作短歌，能得民谣精神。尤长小说，有 *Peter Schlemihl*，亦言神异，而记述渐近自然，故较 Fouqué 为胜。且志怪之中，别有寄托，Peter 卖影求富，周行诸地，乃适得种种苦难，盖以讽日耳曼从 Metternich 之非计，可与 Kleist 之作相比也。Ernst Theodor Amadeus Hoffmann（1776 — 1822）专以怪异恐怖之事为小说，人称之曰 Teufels Hoffmann，与英之 Monk Lewis 相类。历史小说有 Wilhelm Hauff（1802 —

1827）作 *Lichtenstein*，亦无特采，第仿效 Scott 而已。

二六　又

德国传奇派历三十年而衰，有少年日耳曼派代之兴起。少年日耳曼派者，初非文学流别，第为当时志士自相号召之辞，人心久苦屈抑，无所安住，及千八百三十年法国革命，乃感动谋改革，建立少年日耳曼，多假报章以布怀疑与破坏之声。其旨盖不外立民治，去神教，毁因袭之道德，而人自为说，未能统一，亦未成为党社也。·八三五年，联邦议会下令禁少年日耳曼派著作刊行，并举 Heine 与 Gutzkow 等五人为同党，并在禁列。于是文人多移居法国，言论如故，益为国人所注目，逾于未禁以前，而少年日耳曼派之名，亦自此而定也。

少年日耳曼派本以改革政俗为主，重在致用，文字特其宣传之具，故趋势与传奇主义相背，不贵主观，以益世利人为艺文识志，颇有影响于后世。所禁五人中，Wienbarg 与 Mundt 非纯粹文人。Heine 初为传奇派，至《旅行纪事》，已入于讽刺，去国后作如 *Deutschland* 等尤甚。Heinrich Laube（1806 — 1884）锐意灌输法国文化，又致力于演剧，提倡社会剧最为有功。Karl Gutzkow

（1811 — 1878）初作小说 *Wally，die Zweiflerin*，颇攻难宗教道德，世论嚣然，又多作戏剧，自言 Metternich 抑塞言论，下毒于文艺之源泉，故作倾向剧（Tendenzdrama）以解之，所作小说，亦多含义旨，所谓倾向小说也。

少年日耳曼派之盛，不及二十年，而影响至大。政治之诗歌，每难发达，故 Georg Herwegh 所著《生者之歌》（*Gedichet eines Lebendigen*）以外，鲜可称述。唯小说特兴盛，大要可分两派，皆起源于少年日耳曼派，一即倾向小说，言社会情状与诸问题，出于 Gutzkow。一为乡村小说，Karl Leberecht Immermann 著 *Der Oberho*f，实其萌牙也。Friedrich Spielhagen（1829 — 1911）继 Gutzkow 之后，作社会小说，写当时人心之不安，颇能见一八四八年革命前后情形，Gustav Freytag（1816 — 1895）反对少年日耳曼派之主张，唯其小说赞扬劳作，持上下调和之说，亦以宣传主义为事，则又与 Gutzkow 等无异也。

传奇主义本含有平民思想，故仿作民谣之风甚盛，及少年日耳曼派兴，此趋向愈益显著，复转入小说，以描写乡民生活为事。Immermann 后，瑞士牧师 Jeremias Gotthelf 作 *Uli der Knecht*，于写实中时杂教训。Berthold Auerbach（1812 — 1882）居德国南方，有《黑林乡谈》（*Schwarzwälder dorfgeschichten*）叙故乡情景，最为杰出，唯亦间说哲理，颇有倾向小说之风。Gottfried Keller（1819 — 1890）亦瑞士人，以短篇名世，虽言理想，亦重观察，故特称胜。Fritz Reuter（1810 — 1874）少以国事处徒刑九年，既出狱，漂泊无所依止，为人家司田事，复转而撰报章，以Mecklenburg方言作小品，甚得称誉。因从事著作，有《田家》（*Ut mine Stromtid*）一卷最佳，唯用方言为文，论者然否纷纭，至今不能决。Klaus Groth著诗集曰“活水”（*Quickborn*），亦用下日耳曼语，此外更无继起者矣。

Gutzkow作倾向剧，偏于论议，或类说法，故枯索不真。Friedrich Hebbel（1813 — 1863）力抗之，初仿Schiller作家庭悲剧*Maria Magdalene*，言少女为狂夫所诱，终于自杀，犹有当时悲观之气。其建立问题而不加解决，又颇似Ibsen。尔后撰作，多言个性与社会制度之冲突，为后世自然派剧之前驱也。

二七　意大利　西班牙

意大利传奇派文学之兴，多受德国影响。千七百八十年顷，Aurelio Bertola著《德国诗意》（*Idea della Poesia Alemanna*），介绍Goethe与Kleist等诗，世人亦不甚重。及Staël夫人《德国论》出，风行一时，意大利亦受其感化。一八一六年遂有杂志曰“意大利文库”（*Biblioteca Italiana*）见于Milano，以提倡新文艺为事。奥政府虽横暴，以其师法德国，遂允印行。Giovanni Berchet 译 Bürger 歌谣，附有论说，亦于是时出世。大略谓直率简易，雅俗共喻，方是真诗。传奇派诗求感兴于本心，或求之自然与民间俗信，其目的则在表见现时之感情思想，故为生人之诗，与古典派死者之诗殊异。希腊古人歌本土之事，不言埃及，故在尔时，亦为传奇派。Milton 亦然，缘其咏基督教事，而不言异教。故意大利文学，亦应废弃古典，以中世为依归云。此虽 Berchet 一人之言，实足为当时传奇派之宣言也。一八一七年《意大利文库》之主义忽中变，于是 Silvio Pellico 等别创报章曰“调人”（*Conciliatore*）以代之。意在播布知识，提倡文艺，并反对异族政府，时以英并印度等为喻。由是为奥之当局所忌，岁余辍刊。而传奇思想渐益曼衍，名人又多助之，Manzoni 其最著者也。

Alessandro Manzoni（1785 — 1873）本伯爵，唯生平不以自号。读 Berchet 之论，推奖甚，至其《与人论传奇主义书》（*Sul Romanticismo*），亦言古代神话当废置不用，古典文学可资研究而不宜仿效，与 Berchet 之旨略同。唯未尝仰慕中古，尤鄙薄神怪，亦不以美为最上。其所主张，则利用为的，真实为材，兴趣为用，盖虽向新派而亦不趋于端者也。所著诗曲小说甚多，一八二三年作历史小说《约婚夫归》（*I Promessi Sposi*）三卷，最有名。书仿 Scott，记十七世纪初西班牙占有 Milano 时事。乡女 Lucia 已字 Lorenzo，贵人 Don Rodrigo 欲克期得之，戒牧师 Don Abbondio 勿为结婚，二人遂亡去。Manzoni 自言，此书主旨在于任天。理力交争，而理终胜。盖其言任天，异于安命。人当确守正道，与患难抗，先自尽其所能，而后听之于天。此虔敬之信，即 Manzoni 一生行事之本，与爱国思想，亦相表里。其取材于西班牙朝者，即讽示外族政治之恶，故其书影响流行皆甚广。唯偏重史实，恒苦烦冗，又难与虚构相调和，不能及 Scott 也。

Giacomo Leopardi（1798－1837）父为伯爵，少游惰，家遂中落。其夫人 Antici 持家政，一意欲兴复旧业，历三十年竟成，然务俭寡恩，至喜子女殇夭，以为可节教食之费。Leopardi 幼慧有大志，而不得出，因日夕读父藏书，冀以学成名，遂深通古文学。年十九，仿造希腊逸文，学者不能辨。然研究过劳，体乃益羸，终病佝偻，又苦拘系，欲亡去而不成，监视益严，因是郁郁，遂厌人世，常见于诗文，以为人生止有苦趣，灵智之士，苦亦益大，盖人生慰藉，实唯空虚，人有希望空想幻觉，乃得安住。如幻灭时，止见实在，即是悲苦。欲脱此苦，唯梦或死。如题古墓碑诗中所云，人唯不见日光，斯为最善也。自然生万物，而复灭之，其视人类，不异蚁子。《蓬蒿》（“Ginestra”）诗中云，初为生母，终为继母，与 Vigny 意见相同。自然与魂问答，以三事命之曰，其生存，其伟大，其困苦，即其人生观之精义也。悲观思想，为传奇时代所共有，在 Leopardi 特尤甚。盖身世之感，有以使之然，非尽缘于哲理，故虽以世事为幻，而希求未绝。Raniero 谓所慕有三，爱恋，光荣与祖国是也。

Leopardi 之厌世，与 Manzoni 之任天，并由际遇，而爱国之心亦无殊。Manzoni 如 Don Abbdondio，未能蹈危以赴义。Leopardi 则由弱败，入于绝望。唯《咏意大利》（“All'Italia”）诸诗，纯为革命之音，奥国政府谓其背道祸世，力禁流行，而不能绝。授吾甲与兵，吾愿独战死一解，最为世所知。其鼓厉人心，不下于 Giuseppe Giusti（1809 — 1857）之政治讽刺诗也。

Manzoni 后，传奇派文学发达极盛，多为小说，虽仿效 Scott 派，别无特色，而在意大利则感化甚大。当时作者，本非以文艺为业，类皆爱国之士，有志未逮，故藉文字以宣传意旨，Guerrazzi 所谓不能战斗乃作小说是也。Giuseppe Mazzini（1805 — 1872）致力于政治，亦提倡文学，以益世为旨，重思想而轻形式。美非艺术极则，其所尊尚，在能发表共通情思，以利益人生。故历史小说独盛，其效在叙古昔光荣，能起国人仰慕之心，自惭目前衰落，或如 Manzoni 假古事以言异政治，皆合于益世之义也。Tommaso Grossi 与 Massimo Azeglio 均属此派。d'Azeglio（1798 — 1866）为 Manzoni 女夫，以 *Ettore Fieramosca* 一书著名。Francesco Guerrazzi 独不仿 Manzoni，自成一家。此他作者，更无可称述。正如 Flamin 言，仰慕中古之风，不适于罗马民族，传奇文学不二十年而就衰矣。

Silvio Pellico（1789 — 1854）初作戏曲，以编 *Conciliatore* 为奥政府所忌。后入烧炭党（Corbonaro）遂被捕，由死刑减为禁

锢，十年后得释。著《狱中记》（*Le mie Prigioni*），风行全国，与Manzoni之作并称。Pellico本怀疑派，及经历忧患，信教甚笃。作书之旨，本以言宗教之慰安，唯叙述所历诸苦，令人感愤，不直奥政府所为，于国事有大影响。论者谓此书一出，奥国之损，不下于败绩一次，非过言也。

西班牙与法国接境，故文学亦甚蒙法之影响。Angel de Saavedra（1791－1865）本贵族，以国事出亡，居英法，受Byron与Chateaubriand之化，始立传奇派。Jose de Espronceda（1810－1842）性放旷，为自由而战，大类Byron，其诗悲观而含抗音，亦复相似。Jose Zorrilla与Manuel Tamayo等以戏曲称。Gustavo Adolfo Bécquer（1836－1870）流转困顿以没，为诗每仿Heine，小说师Hoffmann，有《碧眼》（*Los Ojos Verdes*）一篇最有名。其他文人著作，与世界思潮有系属者，别无可言。

二八　俄国

俄国十九世纪文学，始于Puschkin，而Zhukovskij为之先驱。Vasilij Zhukovskij（1783－1852）本贵家子，通西欧诸国文学。一八一六年与Puschkin等结社于彼得堡，播布传奇派思想，未几 Zhukovskij 被命为宫廷诗人，Puschkin 又以笔祸窜边地，社遂散。Zhukovskij 虽亦自作诗，而翻译之影响于当世者尤巨，如德之 Bürger 与 Fouqué，英之 Gray 与 Byron 皆是。故 Brandes 以俄国传奇文学之 Columbus 称之。俄之情势，颇异他国，故文学现象亦稍不同。专制之下民主思想既难长发，古学又湮没，中世趣味，亦不能为世人所解。于是专尚主观，斥弃旧章，自抒新意者，最所尊尚。故 Byron 著作，独为俄人推重，当代大家如 Puschkin 及 Lermontov，固皆奉 Byronism 者也。

Aleksandr Puschkin（1799 — 1837）以家风喜用法国语，故幼时已读 Rousseau 等书，早岁有诗名。千八百二十年以作诗刺俄帝宠臣，获罪，将流鲜卑，有耆宿数人解之，得免，谪居南方。后以行旅过高加索，深感自然之美，又始读 Byron 诗，受其感化，因力仿之。诗中主人，多颓唐忧郁，轻于失望，易于奋迅，有厌世之风，而志又甚不固，盖 Byron 式英雄，复不脱俄国气质者。其诗亦正如是，故虽云模拟，而仍自表其个性，不流于伪饰也。唯 Byron 天性桀骜，追慕自由，毕生不贰，Puschkin 则外缘转变，性格辄移。三十五年冬，十二月党败，独以流谪在外得免，俄帝亦优容之，召令给事宫中，作《大彼得史》，至三十七年，与法人 D'Anthes de Heeckeren 决斗，见杀。杰作有 *Ievgeni Onjegin*，初仿 *Don Juan*，历八年始成，中经变易，故先后歧异，可略见其为人。盖 Puschkin 意向，不如 Byron 峻绝。昔之崇信，第由一时激越，迨放浪之生涯毕，则又返其本来，不能如 Lermontov 之坚执而不舍也。Puschkin 见诸友为争自由，或囚或窜，而己独无恙，则遁入斯拉夫爱国说以自慰解。多赞诵武功，以为国之荣光在是。Brandes 谓其始慕自由，而终归于兽性之爱国，定力不及 Byron，唯描写性格，才颇胜之耳。所作小说数篇，皆有特色，Gogolj 之感情派写实小说，即出于此者也。

Mikhail Lermontov（1814 — 1841）系出 Learmonth 氏，本苏格阑人。少习陆军，出为骑兵小校，喜 Byron 之诗，并慕其为人。又受 Shelley 之化，于人生善恶争竞诸事，多所兴感，尊自由尤至。Puschkin 死作诗哀之，吁天为之复仇，时俄帝方宠任 D'Anthes，因罪 Lermontov，流之高加索。四十年，与法国公使子决斗，复遣戍，是年作小说曰“当世之英雄”，有僚友 Martynov 疑其言涉己，请决斗，Lermontov 遂见杀，年二十七。

Lermontov 少时，甚慕 Byron 为人，至愿己之生涯，有以相肖，然又深受 Shelley 感化。故其悲观，亦非尽缘绝望，实以孤愤而然。如勇猛者，怀崇高之望，而阅历世事，所遇皆庸懦丑恶，不副所期，则缘生激怒，聊以独行自快。故其抗斗，即以保人类尊严，不欲随顺流俗，与自弃作达者不同，盖甚近 Prometheus 而与 Don Juan 远矣。初仿民谣体作诗，有《商人 Kalaschnikov 之歌》，言与禁卫军官决斗，既复仇，遂愿就死，已多革命之音。“Mtsyri”一篇，意义尤溥博。Mtsyri 者，本高加索四部童子，久居山寺，受长老教诲，而慕自由不已。一夕暴风雨，遂亡去，欲归故乡，迷林中不能出，数日后觅得之，以与豹斗受伤，竟殒。诗述其对长老之言曰，汝问我自由之时，何所为乎，尔时吾“生存”耳，使吾生无此三日，且将暗淡无欢，逾汝暮年耳。此即Lermontov自由之歌，合生命与自由为一，最足以见其深意者也。

Lermontov亦甚爱国，顾与Puschkin绝异。不以威武光荣为伟大，所眷念者，乃在乡村大野，及村人之生活。且推其爱及于高加索土人。此土人者，即以自由故，力与俄国抗者也。Lermontov曾自从军，两与其役，然终爱之。所作“Izmail Bey”一篇，即纪此事。又Valerik亦言二族战事，至为精确，论者谓非身历者不能道。末云，吾思人间扰扰，将欲何求。天宇清净，尽多栖息之地，而人心之中，充满恨意者何耶。其反对战争之意至明，与Puschkin之作诗颂克波阑者，相去远甚。俄人Kropotkin称之曰Humanist，得其实也。

《当世之英雄》（*Geroy Naschego Vremeni*）记高加索军官Petchorin事。其人有才而无所施，乃蔑弃一切，独行其是，以自满足。初悦回部女Bela，劫至营中，已复弃去。后以事与僚友Gruschnitskij忤，Gruschnitskij恨之，请与决斗，反为所杀。Petchorin为人，与Onjegin略同，而描画更精善。书出，世人颇疑即著者自况，Lermontov乃于第二版序中释之曰，是中所言不为一人，实当世众恶之画像。盖尼古拉一世时，农奴之制未废，上级社会，多极逸豫。又方厉行专制，贵介子弟，怀抱才智，不能于政治社会有所展施，因多转入Petchorin一流，以自放逸。故《当世之英雄》一书，虽为小说，亦近实录。至于描写方法，多用写实，已离传奇派之习。及Gogolj继起，而俄国小说愈益发达，然探求本始，固当推Lermontov为首出也。

同时诗人最著名者，有Aleksej Koltsov（1808－1842）。本农人仿民谣作诗，善言农民生活与其哀乐之情。论者以比英之Burns， 而Nekrasov则Crabbe也。Nikolaj Nekrasov（1821－1877）诗多述民间困苦，一一如实，其志在救世，故不入于绝望之悲观。有《赤鼻霜》一篇，述农妇苦辛，终至冻死山林中，为诸作中最云。

二九　波阑

波阑文学盛于十九世纪，其先多被法国之化，未能自有表见。及传奇主义兴，趋向始变，师法英德，而Byron之力特大，盖传奇派思想，本从反抗之精神出。个性主义与平民倾向，即可推及于邦国民族，转为爱国之思，故危亡之国，大抵受其影响，文学与政治，并见发展。波阑千八百三十年革命不成，Mickiewicz等复仇诗人，即出于此时，欲以文字振起国人，寄精诚于至文，感化之力甚深且广，为前此未有。Jan de Holewinski 称之为波阑文学之黄金时代，盖以此也。

Mickiewicz 前，有 Ukraine 派诗人，绍述 Kazimierz Brodzinski 之说，立传奇派基本。Antoni Malczewski（1793 — 1826）本贵胄，受法国教育，慕自由。尝从那颇仑北征，逮事败后，漫游列国，遇 Byron 于意大利，甚相得。Byron 为赋 *Mazeppa* 一诗。Malczewski 所作记事诗 *Maria*，亦仿 Byron 诗风，而意独深挚，言 Waclaw 悦 Maria，逆父意纳之，父怒，伪作和解，遣子从征鞑靼，而使力士著面具溺女于城濠，盖绝作也。Bohdan Zaleski（1802 — 1889）为诗，则纯咏故乡物色，颂美大野巨川，流连无已，又喜述哥萨克人忧患生涯。三十年变后，亡命居巴黎，至于没世。Seweryn Goszczynski（1801 — 1876）本 Kiev 人，波阑大举时，亦与其事，及败，出亡法国。有 *Kaniow* 一诗，述十八世纪中哥萨克乱事，所叙兵燹之状皆逼真，最为世人所称。此三人者，皆生于 Ukraine，以波阑文著作，而念念不忘故乡，故称之曰 Ukraine 派。其思想虽不一致，唯爱天物，重自由，言恋爱，皆出传奇派。又以爱国精神贯通其间，则并同。凡诸诗人亦悉如是，是为波阑文学之一特色也。

Mickiewicz 与 Slowacki 二人，皆以救国为职志，及独立不成，乃由绝望而言报复，世谓之复仇诗人。Adam Mickiewicz（1795 — 1855）生长乡曲，习闻民谣童话，甚好之。民谣多言中世时鞑靼内侵事，Mickiewicz感动，遂为爱国思想之根本。少时学于Wilno大学，有Tomasz Zan者，联合学生结社曰爱德（Philaretia），以家国学术道德三者自勉，一八二二年为俄政府所禁，Mickiewicz被捕入狱十阅月，徙居俄国。经苦里米亚至莫斯科，多见东方物色，成诗集一卷。为Puschkin所知，遂相友善。居俄五年，作长诗二篇。一曰*Grazyna*，言有Nowogradk王Litawor与外父忤，将引外兵攻之。其妻Grazyna潜命门卒勿纳日耳曼使者，授兵怒而反攻，Grazyna杀破之，自亦中流弹死。此篇之意，盖极端之爱国主义，谓苟以此最高目的故，则虽违命召祸，如Grazyna，亦无不可也。一曰*Konrad Wallenrod*，取材古昔，言有英雄以败亡之余，谋复国仇，因伪降敌，渐为其长，得一举报之。此盖以Machiavelli之意，附诸Byron之英雄，故骤视之，亦第传奇之作，检文者弗喻其意，得印行。Mickiewicz名遂大起。未几得请，漫游欧洲，作《死人祭》（*Dziady*）。波阑旧俗，每十一月二日，必置酒果垅上，以享死者。Mickiewicz少时曾咏其事，至是成第三卷，则转而言人世。亡国之哀，横决而为报复。囚人赓歌，愿治矿得铁为斧，种麻绹索，娶回部女子生一刺客，以报俄帝。又成*Pan Tadeus*一诗，记波阑古事，自寓爱国之忧，与意大利文人之作历史小说，意正相等。晚年怀乡至切，欲归波阑，而俄政府卒不许，乃留巴黎，为大学教授。George Sand极推重之，比之Goethe与Byron。后往君士但丁堡，将招义兵，图再举，事垂成而病卒。国人为之归葬波阑，与Kosciuszko墓相近，从其志也。

Juliusz Slowacki（1809 － 1843）少学律于 Wilno 大学，后改治文学。思想性情，颇似 Byron，故著作亦相近。三十年革命败后，遁居巴黎。作诗曲甚多，渐为世所知。有叙事诗 *Lambro*，戏剧 *Kordjan* 最著名，皆含报复之意。三十五年去法国，作东方之游，经希腊埃及叙利亚，阅二年始返。尔后所作，有散文诗“Anhelli”一章最佳，文既美妙，叙述鲜卑流人状况，复极悱恻动人。Slowacki 作，常述惨苦之事，与 Mickiewicz 相类，盖并因身世之感使然，惟晚年受 Towianski 感化，转入密宗（Mysticism）。《精神之君》（“Krol-Duch”）一曲，言精魂转变，历诸苦难，终胜诸恶，止于至善，已无前此激越之音矣。

Mickiewicz 与 Slowacki 皆爱国而不能救，乃绝望而颂报复。凡危亡之国民，得用诸术，拯其祖国。即不能成，亦以与敌偕亡为快。故 Grazyna 虽背夫拒敌，不缪于义，Wallenrod 亦然，若抗异族，虽用诈伪，不为非法。如 *Alpujarras* 一诗，其意愈显。中叙西班牙人攻 Granada 急，城中大疫不能抗，亚剌伯王遂夜出，赴西班牙军中，伪言乞降。西人方大悦，王忽仆地笑曰，吾疫作矣。盖忍辱一行，而疫亦入敌军矣。Slowacki 为诗，时责国人行诈，而以诈术祸敌，则甚美之，如 *Lambro* 与 *Kordjan* 皆是。Lambro 为希腊人，背教为盗，俾得自由以仇突厥。Kordjan 者，波阑人，刺俄帝尼古拉一世者也。至《死人祭》中囚人 Konrad 歌云，吾欲报仇，天意如是固报，即不如是亦报。则复仇诗人之精意，尽见于此，无复余蕴矣。

Zygmunt Krasinski（1812 — 1859）与 Mickiewicz 等齐名，称波阑三预言者，唯思想则与前二者迥异。Krasinski 系出贵族，为人恺悌而恶乱。仰慕古昔，信崇宗教，如传奇派文人常度。虽爱祖国，而不主强力，但欲以爱力感化，使人类皆相亲善，各得自由幸福。以信望爱三者，为人生要义。著 *Irydion* 一曲，以讽国人，谓人世多祸患，唯易怨为爱，祸患乃去。立意高远，而不切于情势。故 Brandes 议之曰，Krasinski 言复仇之非，而不知爱亦不可恃，羔羊虽柔和，岂能免于豺狼之齿。亦可谓善喻也。

Jozef Ignacy Kraszewski（1812 — 1886）人称波阑之 Scott，散文著作都六百卷，尤以历史小说著名。其先波阑大抵读法国流行小说，多无足取，至是此风渐衰。Kraszewski 深通史学，又本其爱国之思，作为小说，甚足振发民气，故大有功于本国，可与意大利之 Manzoni，匈加利之 Jokai Mor 相比。其所以为重，盖不尽在文艺矣。

三十　丹麦

北欧文学，自 Edda 发见而后，阅时五百余年，传说（Saga）以外，无名世之作。至 Ludvig Holberg（1684 — 1754）出，立丹麦近代文学之始基。所作喜剧，今犹传诵之。十九世纪初，Steffens 与 Schack-Staffeldt 游学德国，归后著书，传布传奇派思想。Adam Oehlenschläger（1778 — 1856）应之而起，作诗曲小说，多极精妙。特以《北地神祇诗》一篇著名，结集古代神话，会通成咏，称未前有之作。Nikolai Frederik Severin Grundtvig（1783 — 1875）为 Steffens 中表兄弟，因承其说，致力于古伊思阑文学，仿 Oehlenschläger 作史诗。唯其杰作，则为民谣。自言愿如林中小鸟，以歌怡悦乡人，倘得传诵人口，小儿踏歌相和，或秋收时，乡女束稻竞唱，则吾诗之幸。可以见其本意矣。

Ludvig Adolph Bodtcher（1793 — 1874）与 Grundtvig 同称丹麦四诗人之一，而思想行事迥异。Grundtvig 为力行家，喜论争说教，作诗多平民倾向。Bodtcher 则为养生家，崇美享乐，优游卒岁，未尝以灵魂为念，有希腊诗人 Anacreon 之流风。家颇富，父殁，迁居罗马，赏览南方物色，以诗酒自娱，顾不多作，每作无不精妙。有《遇酒神》（*Modet med Bacchus*）长诗一篇，多含异教精神，是其绝作。与雕刻家 Thorvaldsen 友善，对门而居，及 Thorvaldsen 卒，以制作赠本国博物馆，Bodtcher 送至丹麦，亦留不复去。种花弹琵琶歌诗，以至没世。

Frederik Paludan-Müller（1809 — 1876）深信宗教，以道德为人生根本义。少时尝有所爱，而其人逝去，故思想倾于悲观，以禁欲灭生为至善。有叙事诗 *Adam Homo* 及 *Kalanus* 二篇，反复申明此旨。初作《舞女》（*Danserinden*）等诗，多受 Byron 影响，*Adam Homo* 亦仿 *Don Juan* 而成，唯意更深切。Adam 者实人类代表，具有聪明才知，而志气薄弱，渐就变化，起自平民，以至卿相，名位益高，而德行亦益下。始终凡三变，始朴素，继以奸恶求仕进，及为男爵执政，则以愚钝终也。Kalanus 为印度婆罗门，初信亚力山大十梵天化身，因往从之，及目睹其饮酒狎妓，乃大愤悔，举火自焚。亚力山大百计阻之无效，卒火化解脱。此篇之意，盖示人性二元之冲突，以亚力山大与婆罗门为代表。同时 Søren Kierkegaard（1813 — 1855）作《或彼或此》（*Enten-Eller*）一书，亦言此理，为近世个人主义所从出，唯 Paludan-Müller 非理智而崇诚信，故灵究竟获胜，而其赞美死灭之意，亦于此见之矣。

一八七四年，Paludan-Müller作诗曰“Adonis”，是其绝笔，厌世思想亦最著。Adonis为Aphrodite所爱，终亦厌倦，乃逃于幽冥，Persephone饮以忘川（Lethe）之水，令得永息。天地皆默，唯有星辰满天，明月运行，渐没于海而已。Brandes谓当冠以Peisithanatos之名，与Leopardi并称爱死者。唯Leopardi作《爱与死》（“Amore e Morte”）一诗，尚以二者并举，一予人以悦乐，一赐以安息。与Puludan-Müller之以Asceticism为本者，又复殊异也。

Hans Christian Andersen（1805 — 1875）十二岁丧父，其

母浣衣以自给。十四岁独行入都，漂泊无所托，有教授 Collin 者为请于官，以公费肄业，渐升转入大学。初作小说曰“即兴诗人”（*Improvisatoren*），叙意大利物色甚美，为世所称。三十五年冬出《童话》（*Eventyr*），一卷，凡四篇，取民间传说，加以融铸，温雅妍妙，为世希有，Andersen 之名遂从此立。尔后每岁续出，至七十二年止，总可百五十种。词句率简易如小儿语，而文情宛转，喜怒哀乐，皆能动人，状物写神，又各极其妙。Brandes 尝论之，谓其叙鹅鸭相语，使鹅鸭信能言谈，殆必如是也。盖 Andersen 天禀特异，以小儿之目审观万物，而记以诗人之笔，故美妙自然，可称神品。今古文人，俱不能及，唯 La Fontaine 之《寓言诗》差近之。Charles Perrault 著 *Contes de ma Mere l'Oye*，则用常言直说口传之故事，与 Grimm 兄弟辑集 *Kinder-und Hausmärchen* 相类，非由自作，或以比 Andersen，非确论也。

Andersen 作童话，初仿德人 Musaus，颇有藻饰，尔后转入单纯，乃自成一家。喜诵印度 Bidpai 所著寓言，至老不倦，每师法其意。有《无画画帖》（*Billedbog uden Billeder*）一卷，为千八百四十年作，记月自叙所见，凡三十三则。亦类童话，而特饶诗趣，复兼绘画之美，为作中绝品。又自传一卷曰 *Mit Livs Eventyr*，坦白质直，最足窥见本色，与 Ronsseau 及 Cellini 自叙，并为名世之作也。

三一　瑞典

瑞典文学自宗教改革以后，渐见兴起，至传奇时代而大盛。有 Per Atterbom 与 Lars Hammarskjold 等，创立杂志曰“启明星”，提倡新派文学，以德国为师法，世因称此派曰 Phosphoristes。同时有峨斯会起于 Uppsala，欲联合同种为一族，刊杂志 *Iduna* 以宣传之。Erik Gustaf Geijer 为之主，诗歌而外，作《瑞典纪言》，表扬古代光荣，盖亦受德国爱国思想之影响者也。

Esaias Tegner(1782 — 1846)，父 Lucasson 本 Tegnaby 农家子，力学，为牧师，易姓 Tegnerus。盖当时学籍以拉丁文记名，后遂因之称 Tegner 氏。Esaias 幼好读 Ossian 诗，少长就学，得见希腊史诗及北欧传说，日夕诵读，其文学思想，即萌育于此时。后为大学教授，积功迁主教，而思想终含异教精神（Paganism），因亦无仰慕中古之意，与 Phosphoristes 一派不同。又亦关心世事，而不限于国族，故复与 Geijer 不同也。所著 *Frithiofs Saga* 一诗，自言仿 Oehlenschläger 作，言情叙事皆极妙，其人生观亦即寄其中，为瑞典独一之名著。Frithiof 出身微贱，爱王女 Ingeborg，而王不许。中更患难，遇之 Ringerike 王所，王死，乃复得之。Brandes 所谓始以抗争，继以信守，终如其志。唯所得非幸福，而为幸福之影，此实即人生之象征矣。Tegner 居革命反动时，而信自由之心不稍变。然不趋极瑞，以为当止于调和，终剂于平，Frithiof 与 Ingeberg 之复合，亦所以表此意也。

Frans Mikael Franzen（1772 — 1847）生于芬阑，为主教，与 Tegner 友善。作诗仿民谣，多咏自然及田家生活。Johan Ludvig Runeberg(1804 — 1877)继起，亦以瑞典文叙芬阑民生情状，多用写实，不偏于理想。所作《猎鹿人》(“Elgskyttarne”)及“Hanna”诸诗，皆优美之 Idyll。又用俄国 Bylina 体，作“Nadeschda”。及芬阑 Elias Lonnrot 博士采集民谣，编为史诗 *Kalevala* 一部，Runeberg 译其首卷为瑞典文，甚得称誉。唯其杰作，则为《旗手 Stal 故事》（*Fanrik Stals Sagner*），计二卷三十五章，假旗手之口，述俄瑞战役旧闻，自将帅士卒之行事，以至孤儿村女之哀怨，巨细毕具，文情相生，因益佳胜。俄并芬阑时，Runeberg 方五岁，亲见其事，终身不忘，故于此时一罄其蕴。瑞典学会特制金章赠之，以非瑞典公民，不能选为会员也。同时有 Fredrika Bremer（1802 — 1865）亦芬阑人，以小说名。言中流家庭情状，亦因写实，而多乐天思想，故为世所赏。其余芬阑文人如 Paivarinta 等，以本国文著作，兹不具言。

三二　诺威

诺威之有文学，始于一八一四年。其先与丹麦合国，如Holberg辈虽系出诺威，后世皆以丹麦诗人称之。及五月十七日宣言独立，文学同时兴起。所谓五月十七日诗派（Syttendemai Poesi），盛极一时，多爱国之音，而失之稚弱，不足传世。至Wergeland出，始渐臻美善。Henrik Arnold Wergeland（1808－1845）亦多作政治诗歌，思想倾向民主，文辞奔放，不循则例，大行于民间。晚年作《花卉画》（*Jan van Huysums Blomsterstykke*），以众花拟人，各表其希求，善能和政治思想于诗歌之中，Shelley以外，无与伦比。又有《犹太人》（“Joden”），《犹太女》（“Jodinden”）二诗，皆为无告者告哀，其后诺威遂废犹太人入国之禁。J.S.Welhaven（1807－1873）言文学政治，不主急进，故不满Wergeland一流。有诗曰“诺威之征光”（*Norges Daemering*），自述理想，力戒偏激。一时争议纷纭，而诺威文学亦以是得趋中道，弥复发达。Welhaven诗重义法而少神思，故不及Wergeland，唯长于评论，指导文学趋向，为甚有功也。

政治诗歌渐衰，国民文学，于是继起。Andreas Munch 介其间，两无所属。所作诗歌小说，亦平凡鲜可称道。唯离政事而言人情，足为过渡时期代表耳，又作曲数种，有 *Salomon de Caus* 一篇，言其人始知蒸气之力，世人以为妄，禁之狂人院中。文不能佳，而诺威戏曲，此实其首出，为 Henrik Ibsen 之前驱也。

诺威国民文学，至Bjornson之农民小说而达其极。Asbjornsen 辑民间传说，实开其先，盖爱国思想，渐益深广，文人率离去政事，转言国民生活，于是辑录民谣故事者遂盛。P.C.Asbjornsen本治动物学，游行国中，研究海物，并采辑故事，搜访极勤。同时有Jorgen Moe博士，为主教，亦助之，遂成《诺威民间传说集》（*Norske Folkeeventyr*），与Grimm兄弟之书齐名，影响于后世甚大。Moe亦自为诗，述田家生活，能得民谣精神。唯所作不多，Gosse比之紫花地丁，谓其细小而香艳独绝也。

第五章　写实主义时代

三三　绪论

十九世纪后半，为写实主义（Realism）时代。或谓之自然派（Naturalism），以别于十七世纪以后之写实倾向。原传奇派之兴，本缘反抗理智主义，崇美述异，以个人情思为主，发挥自在，无所拘束。不五十年，盛极而衰，神思既涸，情感亦失真。于是复流于夸饰，如Marini时，而反动遂起，理智主义，复占胜势。唯其时学术发达，科学精神，及于艺文，入为本柢。十九世纪后半期文学，与十七八世纪写实倾向，似同而复绝异者，即由于此。

Auguste Comte创实证说以来，唯心论派哲学，渐失其势。研求真理者，多而自然科学为本。Ludwig Büchner作《力与质》，

Robert Meyer唱力不灭说，于是唯物思想，披靡一世。宗教信仰，亦因而毁裂。德之David Friedrich Strauss，法之Joseph Ernest Renan，作《耶稣传》，以为世故无神，唯人意造，或则归之不可知论（Agnosticism）。一八五九年Darwin《种源论》（*Origin of Species*）出，进化遗传之理大明。凡有学术，悉被影响。其见于文艺者，则为唯物思想之文学，即所谓自然主义是也。

物质主义（Materialism）应用于人生观，乃成决定论（Determinism）。古时亦有宿命之说（Fatalism），唯所谓命者，与神意虽不同，而幻化莫测，有定有复无定，仍不离于迷信，至传奇派诗人之悲观，已涉及人生共同之运命，特多据主观，以身世之感为基本。Schopenhauer说求生意志（Wille um Leben），始综括其义，至是乃藉自然学之力，愈益证实之。人类生存，与一切生物，同受自然之支配，别无自由意志，能与抗争。盖天性与外缘，实为一生主宰，联结造因，以至归宿。此唯物之人生观，实即自然派文学之主旨，神既非真，无以尊于人，人又不异于物。现实暴露之悲哀，引人入于悲观，较之历世人生厌倦（Tedium Vitae）自尤为深切矣。

自然派之说，作始于Zola，故又称Zolaism。列国文人，虽未必尽奉此说，唯精神终亦相同，兹举其要旨，并与传奇派思想比较之如下：

一、传奇派重主观，自然派则重客观。描写事物，俱依实在。不以一己情思，有所损益。盖即以科学法治文艺，正如博物学者观动植现象，绝不用空想藻饰。而对于生物之变化生灭，亦更无所容心也。

二、传奇派尚美，自然派则尚真，凡人世所有事，继极凶戾丑恶，倘能观察精审，描写确实，俱可入文。盖文艺者，实为人生记录（Document Humain），非娱乐之具。故所求不在美观，而在真相。过去荣光，与未来情状，非今之所欲知。但能写现世裸露之真（Nuda Veritas）者，即为最善，虽忤视听，亦复无碍。英人 Bernard Shaw 尝自题其剧本曰 Plays Unpleasant，正复运为自然派著作之称号也。

三、传奇派好奇，自然派则好平凡。古时诗歌小说，多取王公贵人为主人，虽半由阶级思想，半亦因艺术作用而然，如 Aristoteles 诗学所言，用以增读者之兴感。传奇时代，此风盛行，历史小说，即其成果也。自然派文学，乃专写现世实事，古时异地，皆所不取。美人豪杰，亦甚希觏。所记者但为凡人庸行，又尚描画而少叙述，别无委曲变幻之事迹，可娱观听。故自然派著作，又有 Uninteresting 之称。而价值亦正在此。盖平常事迹，去之不远，有切身之感，与读传奇小说，如听人论他家是非者，大有异也。

由是可知自然主义文学，盖属于人生艺术（Art for Life）派，以表现人生为职志。故问题小说戏剧，皆盛极一时，而韵文著作颇不振，凡以诗歌著名者，大抵自成流别，与自然派稍不同。

三四　法国

法国自然主义之起，盖在Balzac。描写种种世相，为“人生喜剧”。又言将如博物学者，观察人生，记录真相，无所评骘，实开Zola之先路。唯多写类型，又时有夸饰，尚存传奇派余风。至Flaubert之*Madame Bovary*出（1856），始立自然派基本。Gustave Flaubert（1821－1880）劳作三十余年，成书七种。描画事物，皆极精微，又必征实，故一书之成，至需时数年。又颇注意于词调，与Zola等之非薄技巧者不同，其作亦可分两类，一为纯粹写实派，如*Madame Bovary*及《感情教育》。一为传奇写实派，如*Salammbô*及《圣安多尼之诱惑》。又《小品三篇》（*Trois Contes*），则兼二者而有之。

*Madame Bovary*述一女子堕落之行径，始于冀望，继以失误，终于灭亡。描写纯用客观，绝无褒贬。对于Emma之败亡，既不寄以同情，亦未尝有轻蔑憎恶之意，善能见自然派特色，论者比之解剖书，奉旧说者则反对之，云不愿数Flaubert之骨骼图也。《感情教育》（*L'Éducation Sentimentale*）本名“枯果”，写平凡之人生，尤极深切。Frederic爱Madame Arnoux，而女已嫁，因各不言，而

往来尝亲善，终至老衰，爱亦消灭。其中殆无 Hero 或 Heroine，亦无悲欢离合足以感人。所记皆日常琐屑，或间以一二不如意事，又大率非重大者。盖此平凡委琐之生活，实即人生小像，Flaubert 写此，即所以寄其人生观也。Flaubert 虽为自然派首出之人，而论文艺则奉艺术派说。尝云人生虚无，艺术永在。故又有虚无论（Nihilism）者之称焉。

Salammbô 一书，性质至奇，盖自然派之历史小说，即用写实法所作之传奇也。Flaubert 撰此书，前后十年始成。写古斐尼基事，而考据精密，语必有本，与传奇时代之作不同。唯描画过详，如披考古学图籍。Flaubert 亦自言，有如雕塑，座大于像也。《圣安多尼之诱惑》（*La Tentation de Saint Antoine*）记埃及古德一夕之梦幻，为譬喻之属，用以寄其虚无思想者也。

《小品三篇》中，“Hérodias”与“La Légende de Saint Julien”皆 *Salammbô* 之类。一叙一世纪时，犹太王杀洗礼约翰事。一据中古传说，纪圣尤利安奇迹。Brandes 评之谓历代教徒述古德行事，无一能得基督教传说精神，如此无神论者也。其一曰“纯朴之心”（“Un Coeur Simple”）则 *Madame Bovary* 一流之作，女仆垂老，为世所遗弃，乃尽心爱一鹦鹉，至奉之如“圣鸽”。未几鸟死，剥制之，而爱重如故。及病垂死，则见鹦鹉展翼，如将负之登天国也。写单纯之心理，颇极微妙，此与“Saint Julien”取材虽不同，而人生观则一。世间一切，悉是梦幻错觉。唯人性柔弱，易受欺妄，轻于绝望，而又必需慰安，故生是种种。如陷溺横流中，执一藁以求存，其为虚空，正复相同矣。

Émile Zola（1840—1903）创立纯粹之自然主义，较Flaubert更有进。厌世思想略同，而不至于绝望，尚为人道奋争，可于大尉Dreyfus案见之。所作小说，有*Rougon-Macquart*丛书二十卷，《三都市记》三卷，《四福音书》四卷。又有《实验小说论》（*Le Roman expérimental*）一卷，言以实验科学法作小说。先定科学为观察实验两种。一如天文学，学者但能以观察之力，记录其现象。一如化学，学者得取一物质，历诸化验，究其真相。世间万物，俱受自然律支配，人类亦然，不异一木一石。故研究一木一石之实验方法，即可移以研究人类情知之发动。如古文学写Achilles之怒，Dido之爱，非不甚美，然所记止于外观。今之所重，则在剖析此怒与爱，以明此二者之作用如何。是即Zolaism之要旨，一言蔽之，则曰科学之文学也。

Rougon-Macquart 丛书之作，始于一八七一年，至九三年而成。第一卷曰“Rougon 家之运命”（*La Fortune des Rougon*），首叙先代之失德，娶 Adelaide Fouqué，复稍有心疾。女后重适 Macquart 家。以后诸书，即分叙两姓子孙行事。同禀遗传恶质，各应境遇，造成种种悲剧。第二十卷《Pascal 博士》（*Le Docteur Pascal*），则据遗传之说，寻此二族系统，究其因果，以为结束。Zola 倡实验小说，得力于生理学者 Claude Bernard 之说为多，Pascal 博士，盖即写

其人也。从书本模仿 Balzac《人间喜剧》而作，而愈有条理，以遗传为经，外缘为纬。Zola 自称为“第二帝政时代一家族之自然及社会之历史”（Histoire Naturelle et sociale d'une Famille），所云自然及社会，亦即指此二因而言也。

Zola 出身微贱，历诸苦境又主张实写人生，常溷迹下层社会中，考察情状，故所记皆极详实，毫无讳饰，以是颇受世人非议。*Rougon-Macquart* 从书第七卷《酒肆》（*L'Assommoir*）写巴里工人社会，纵酒淫佚之状，第九卷 *Nana* 记女优生活，第十三卷《萌牙》（*Germinal*）记矿工之困苦，皆最著名，而论者纷纭，是非亦最不一。要之 Zola 小说，专写暗黑一面，或未足包举人生全体，唯其纯洁诚挚之态度，终非讳恶饰非，或玩世不恭者所可及。故若寻求其失，谓拙于技工，非伟大之文人则可，谓为非伟大之道德家，则不可也。

Guy de Maupassant（1850 — 1893）为 Flaubert 弟子，然所著作则属纯自然派，似 Zola 而尤进。Flaubert 为文，精炼尚技工，与自然派不同。Maupassant 受其教，故结构叙述并极完善，又能脱尽传奇派风气，胜于师也。Zola 创实验科学法，专主客观，唯仍怀改进社会之意，故悲悯之情，时复流露，不能贯彻主张。且描写社会暗面，本于唯物之决定论，遂不免着意观察人间兽性，移之记载，犹实验者豫知某性存在，爰加相当之试验，以待出现，Maupassant 则本无成心，仅就身所阅历，如实记录，事之光明黑暗，皆非所计。如所记多人间兽性者，则以事实本然故。盖其意见，既非以艺术为人生唯一真实，求其独立之完成，如Flaubert。亦不以人生为艺术究竟，欲比文章于学术，如Zola。如*Pierre et Jean*自序言，盖别无学说，唯以模写自然为务而已。L. Tolstoj著《Maupassant论》，尝借喻以明之。曰，“有画师以长老行列之图见示，图写极精，唯作者意旨所在，则不可见。因问画师作此，以画中事为是耶，抑非耶。答言皆非所知，亦不必论，意唯在画此人生之一部耳。又问对于此仪式，为有同情耶，抑憎恶耶。答言皆无。彼盖绝不解释人生意义，对于世相，无所动心，亦别无好恶之念，人生之现状而已。Maupassant之著作，正与此画师相同也”。

Tolstoj主张人生之艺术，故于Maupassant之绝对客观，深致不满，又谓缺道德观念。唯此正其特色，而非缺陷。盖Maupassant著作，但为非道德(Nonmoral)，而非为不道德(Immoral)。其书自序，即谓为生活故而著作。盖其著作，唯状写人生为乐，此他别无作用。对于书中人物之苦乐悲欢，既无所感动，对于凶戾俗恶之行事，亦不生憎恶也。在读者观于原始兽性之发现，或深觉悲哀，而著者则初无成之见，仅以其为真实，故著之于书，是非好恶，俱非所问。盖止是客观之极致，与道德问题不相涉，故谓Nonmoral，正得其实，亦可以解世纷矣。

凡自然派，虽主张描写事物，一以实见实闻为断，而能完全实践者，仅Maupassant一人。所著小说，初多言故乡Normandy事，继写巴里官吏文士及倡女生活，终复转而写贵族社会。论者谓其著作，殆无所创造，但“移译”事实，著之文字。书中人地，率出真实，可以覆按，如《脂团》(“Boule de suif”) 及“Mademoiselle Fifi”诸篇，所叙并普法战时实事。脂团本Rouen倡女，至十九世纪末年尚存，Mademoiselle Fifi或云即《脂团》中普鲁士军官也。

Maupassant思想亦本于唯物论，而未尝厌世，亦不流于玩世，故著作态度，大抵平正。第以实写人生，略无讳饰，以是颇为世俗所忌。其所描写，光明亦间有之，而终多黑暗者，则因所见人世事如实此，非如反对者言，故喜丑化人生，或好写人间兽性也。晚年病脑，渐入悲观，著作思想与前稍异，终以狂易卒。

Maupassant作小说*Pierre et Jean*外，以《女子之一生》(*Une Vie*)，《美男》(*Bel-Ami*) 为最佳。唯短篇尤胜，举世殆鲜俦匹。所作凡二百余种，如《脂团》，“Mademoiselle Fifi”，《小Roque》(“La petite Roque”)，《港》(“Le port”)，《空美》(“Inutile Beauté”) 皆有名。

Goncourt兄弟，亦属自然派，而与Zola等复不同，故别名之曰印象派 (Impressionnisme)。印象派者，本绘画派别之称，创始于法国画家Edouard Manet。描画景物，不重形式轮廓，拟像实体，但在用光色，表现一己所受印象，故得是名。Goncourt兄弟，始用其法为小说。自然派重客观，以外物为主体。印象派则以本心为主，与外物接，是生印象，因著之录，乃并重主观，与纯自然派相背。唯所凭依，仍在外物，即仍以自然为本，故同属一系。或称之为积极自然主义，而 Zolaism 则为消极自然主义也。

Edmond de Goncourt（1822 — 1896）与 Jules de Goncourt（1830 — 1870）系出贵族，初治历史美术，颇极精审。后转入文艺，亦以学术研究法行之。以文学为社会研究之一种，作者观于现实，记所得印象，以成人生记录（Document Humain），此外别无所求，实为主张“文学之真实”之第一人。一八六五年时作 *Germinie Lacerteux*，写下层社会情状，在法国文学中亦最早，出 Zola 前也。

Goncourt 兄弟作小说，大抵合撰。凡一事一物，二人各就观感，直笔于书，以相比较，取其善者。久之思想文章，益益相近，几于无复分别。二人以治文学为毕生之务，至捐弃一切以赴之，与 Flaubert 略同。既不求一己之幸福，亦不问人世哀乐。唯以锐敏之感觉，观察事物，一一劄记，如画师作 Sketch。自宴会时 Flaubert 之解衣纽，以至女仆 Rose 垂死情状，并用冷靖之度，精密之笔，记录于书，为他日之用。此自然派之冷淡，已达其极，盖近于病矣。

Alphonse Daudet（1840 — 1898）作小说，亦属印象派。平时多作笔记，而志不在搜集人生资料，亦不以文学为社会研究。唯亦就见闻所及，记取印感，后或联缀成书，别无一定之结构，则与 Goncourt 兄弟略同。如《暴发者》（*Le Nabab*），其一例也。Daudet 性情尚有传奇派余风，又少时经历忧患，故于他人苦乐，时有同情。凡所描写，亦多取光明一面，文章复诙谐美妙，足以相副，故甚为世人所赏。所作小说颇多，《暴发者》及 *Sapho* 等最有名。

三五　又

法国写实派之诗为高蹈派（Parnassien）。一八五二年 Gautier 作《珐琅与雕玉》（*Émaux et Camees*），倡纯艺术说。以为艺术独立自存，不关人生。故为诗文，当比于错金刻玉，重在技工，非以寄个人情思。一时和者甚众，六十六年出合集曰 *Le Parnasse Contemporain*，遂以名其派。Leconte de Lisle（1818 — 1894）为之渠率，作《古代诗》（*Poèmes antiques*），《蛮荒诗》（*Poèmes barbares*）二卷，以史家中立态度，叙往古情事，其先 Hugo 亦尝作《世纪之传说》，唯据主观描画，又多抒情之词。Lisle 则合文艺于科学，研究古代民族生活及宗教制度，皆极详尽，乃如实图写，犹 Flaubert 之作 *Salammbô* 也。盖实证精神，与自然派小说相同，所别异者，唯其诗尚技工及多言古事而已。Lisle 制此诗，深究希腊犹太印度诸族文化，后遂倾心于佛教。以为世间真理，唯有“永远”，而“空虚”之外，别无“永远”。故舍生入寂，始为极乐。出世思想，时时见于诗中。于是向所主张纯客观说，亦未能实践，渐复有主观之倾向矣。

Sully Prudhomme（1839－1908）亦属高蹈派，终复转变，自成一家。幼丧父母，多历困苦，感人世之悲哀甚切。乃研究科学，欲得解决，而转得幻灭，失望愈甚。唯独居覃思，过其一生。诗有云，在此世中，紫丁香花，均就枯萎，鸣禽之歌，一何短促，吾唯永久作夏夜之梦。其诗多抒情，唯不类传奇派之偏于一己，视他人哀乐，尤有同情。故论者谓其诗兼“个性”与“人性”二者，甚可重也。

François Coppée(1842－1908)之诗，对于人生，特具微妙感情，与Lisle之冷靖者不同。故初虽同派，旋亦离析。所作有戏曲小说等，而诗尤有名。自传奇派以来，所取诗材，界域极狭，非古代异域，独行奇事，则以个人情思为主，未有取平常生活入诗者。Coppée特创新体，为平民之诗。日日周行都市，观察工人贩夫之生活情状，造成诗歌。自既生长巴里，富于才智，又有优美之感情，故能体会人情，正得真相。世称之曰贱者之诗人（Le Poète des Humbles)。其诗亦流行甚广，在高蹈派诸人上，后世模仿者众，亦卒不能及也。

José-Maria de Heredia(1842－1906)以短歌(Sonnet)著名。有诗集《宝玉》（*Les Trophées*）一卷，咏古代事迹，如Lisle之古代蛮荒诸篇，琢镂精美亦相似。以唯十四行之短歌，描画事物，乃能雄浑如史诗，其才至大。Lisle为纯艺术之诗，终亦羼以哲学思想。Heredia则始终重技工，善能守高蹈派之说也。

Charles Baudelaire（1821－1866）行事与著作皆绝异。盖生于自然主义时代，为传奇派最末之一人，而开象征派先路者也。

Baudelaire感生活之困倦者甚深，又复执著人生，不如传奇派之厌世。遂遍探人间深密，求得新异之美与乐，仅藉激刺官能，聊保生存之意识。终至服阿片印度麻等，引起幻景，以自慰遣焉。著有艺术评论二卷，《散文诗》（*Petits Poèmes en Prose*）一卷。诗集《恶之华》（*Les Fleurs du mal*）一卷，歌咏衰颓之美，论者比之贝中之珠。又《人工之乐园》（*Les Paradis artificiels*）一卷，则仿之De Quinccy之*Confessions*而作也。

Baudelaire爱重人生，慕美与幸福，不异传奇派诗人，唯际幻灭时代，绝望之哀，愈益深切，而持现世思想又特坚。理想之幸福，既不能致，复不肯遗世以求安息。故唯努力求生，欲于苦中得乐，于恶与丑中而得善美。以婾乐事，盖其悲痛。此所谓现代人之悲哀，Baudelaire盖先受之也。其诗多极怪异惨怆，如咏鸱鸮，日没，游魂，尸之类。或以比意大利之Dante，谓Dante曾游地狱，Baudelaire则从地狱来。反对者则谓之恶魔派（Diabolism）。以Baudelaire思想尊崇个性，超绝善恶，故世俗以为恶魔之徒，正犹英人Southey以Byron诗风为Satanism矣。

Baudelaire之诡异诗风，虽所独有，而感情思想，已与现代人一致。其诗重技工，有高蹈派流风，然不事平叙，重在发表情调（Mood），为象征派所本。Verlaine继起，益推广之，及Stéphane Mallarmé出，新派于是成立。Paul-Marie Verlaine（1844—1896）初亦高蹈派人。既而弃去，以主观作诗，求协音乐，茫漠之中，自有无限意趣，起人感兴。暗示之力，逾于明言。平生嗜饮，日醉于茴香酒（Absinthe）。又放纵不羁，屡下狱，穷困以死。世间谓之曰颓废派（Le Décadent），同派诗人后遂用以为号。Jean Moréas始更名象征派（Symbolist）也。

颓废一字，最先用以指西罗马末年情状，曰拉丁族之颓废（La Décadence Latine)。后通用为嘲骂之词。十九世纪末期，欧洲文化发达极盛，而人心欲求，终不得厌足，则怀疑断望，于是兴起。其皇惑不安，或放达自遣之风，颇有与中古相似者，故诗人亦自承其名。唯专指艺术而言，不与道德相涉。盖颓废派文人，原多正直之士，非尽如Verlaine也。

颓废派艺术之特色，据德人Hermann Bahr说，凡有四端。一主情调，二重人工，三求神秘，四尚奇异。实即现代非物质主义之文学。唯颓废之名，易于误会，故或并尚美神秘诸派，谓之新传奇主义。此非本篇所摄，今不具论。

三六　又

自然派以外小说家，Anatole France（1844－）最有名。少读Renan书，深受感化，又倾心于十八世纪思想，为极端之怀疑家。对于宗教信仰，摧毁极力。不信历史，且并不信科学。以为世无物质，止有现象，而此幻景，又实由吾人官能而生。凡有皆虚，唯“自我”真实，故其著作，与自然派异，但依主观，写其印象。嘲讽世情，因之亦特深刻。著书甚多，有《Bonnard之罪》（*Le Crime de Sylvestre Bonnard*），《红百合》（*Le Lys rouge*），最为世所知。唯精意所在，则为*Thaïs*，《现代史》（*Histoire Contemporaine*）及《云母匣》（*L'Etui de Nacre*）等短篇集。Thaïs者，古埃及名伎，基督教古德Paphnutius往劝之，终见溺惑，乃破法戒，自愿入于地狱。France深通考古史学，描写古事，类极精详，如Flaubert之*Salammbô*。《现代史》四卷，写社会现象，讥弹教徒之营谋尤力。又有“Crainquebille”，为短篇中名作，最足见著者特色，于嘲笑中，复见悲悯。盖France虽怀疑家，而仍亦关心世事，怀有深远之社会主义思想也。

Pierre Loti（1850－）本海军军官，然有天才，作小说不属于一派，唯记述印感，聚短片成章，颇有印象主义之风。平时多游历异地，见诸奇诡景物，故著作亦多异域趣味，善叙蛮荒生活，及热带物色，《冰岛之渔人》（*Pêcheur d'Islande*）一篇，最有名。记Bretagne渔人Yann，赴冰岛捕鱼溺于海，其妻在家待之不至。事迹甚简，而文情均极优美。Loti著作，多以死与海为主材，此篇合二者而一之，足为之代表也。

Paul Bourget（1852－）颇反对自然派之非道德主义，以为著作者当对社会负责任，不当执著理论，超然物外。又以为平面描写，不足尽物情，因创心理小说。欲合艺术于道德，融理性于感情，故排科学万能之说，复兴宗教信仰，救世人于怀疑断望之中，振作其气，共图生存。盖亦唯物思想之反动，与新传奇派正同。唯尊崇种姓，以旧典为依归，故又谓之新古典主义。如是倾向，见于法国为最著者，殆亦时势使然。普法战后，爱国思想，渐益增长，于是转入文艺，成传统主义（Traditionalism），Bourget 即宣传此义最力之一人也。著有评论小说等甚多，《弟子》（*Le Disciple*）最有名。书言少年 Robert Greslou 笃信决定论者 Sixte 之说，躬自尝试，乃使人己俱得不幸，为唯物思想之牺牲。又《宿营》（*L'Etape*）一卷，写 Monneron 家庭悲剧。以 Joseph 与 Jean 父子，代表新旧二倾向。Jean 终离物质主义，复于宗教，得安其住。所谓传统主义之精神，于此盖悉发其蕴，至于是非，则未能定也。

Maurice Barrès（1862 —）少时师 Stendhal，作小说曰“自我崇拜”（*Le Culte du moi*），分为三部，纯属个人主义思想。后忽转变，九十七年作 *Les Déracinés*，宣扬民族主义。甚为当世所好，遂被选为法兰西学会会员。

Joris-Karl Huysmans（1818 — 1907）初持自然主义，转入颓废派，终归密宗。十九世纪后半欧洲文艺变迁之迹，备于一身。唯所著作，则虽屡屡转化，而现代之悲观仍在。盖其锐敏之感觉，对于庸愚猥琐之人生，憎恨者深。书中主旨，即此人生之困倦。始唯实写其状，后求脱离，乃转向宗教，故以旧教信徒终也。

Huysmans最早仿Baudelaire，作散文诗集曰“香合”（*Le drageoir aux épices*）。后奉Zola说，于一八七六年作小说*Marthe, histoire d'une fille*，实写倡女生活，至极真率。时尚在Zola著*Nana*前，揭发人生昏暗，亦更强直，坐是为政府所禁。自序有云，吾就所见所感所经历者，书之。吾尽吾力之所能及者，书之而已。此言并非辩解，唯以表示吾治艺术之目的耳。尔后所著，多本此意。在Zola派中，犹为最烈，反对者至加以兽性自然派之名。至八十四年，作《颠到》（*À rebours*），其倾向乃始一变。

Huysmans写人世俗恶，非如Zola志存救济，亦不及Maupassant能以冷靖处之，故由憎恶而入绝望。《颠到》始作，是其转机。欲于无可奈何中，得自遣法，于是复归Baudelaire一派。书中主人Des Eseeintes公爵造“人工之乐园”，以避世扰。颠到事物，享官能神思之乐，聊保生存意识，甚足代表颓废派心情。九十年作*Là-bas*，创精神之自然主义（Naturalisme Spiritualiste）。言Durtal心灵之变化，初欲于Diabolism得安住地，终不能至。乃复上行，归于基督教。《道中》（*En route*），*La Cathédrale*诸书，即说此事。唯别无结构，又多涉宗教象征，几不复与小说相类矣。

三七　英国

英国文学，自千八百三十年至十九世纪末，称微多利亚时代（Victorian Age）。传奇派作者，太半逝去，唯 Wordsworth 尚存，亦少有著作，故旧派势力，顿然衰歇。Charles Lyell 之《地学浅释》既出，科学知识，渐次播布。至 Darwin 作《种源论》，明进化之理，当世思想，大蒙影响。于人生观念，亦生迁变，唯不至极端之决定论，故自然主义，不能兴盛。虽有小说家实写世相，亦颇有检束，不如法国诸家直抉隐微。唯爱尔阑人 George Moore 作《优人之妻》（*A Mummer's Wife*）等，为纯自然派，然其书出版已在二十世纪初矣。

英国文学素以诗歌著，微多利亚时代亦然，Tennyson 与 Browning 为之代表。二人思想文章，各不相似，唯乐观则同。Alfred Tennyson（1809 — 1892）隐居不出，专事著作。后封为桂冠诗人（Poet Laureate）。其乐天思想，散见于诗，而在 *Idylls of the King* 为最显。诗十二章，取材于威尔士传说，叙 Arthur 王兴亡始末，以寓官能与性灵之战。Arthur 之来，辟山林，驱禽兽，建立王国。终以后 Guinevere 与 Lancelot 之爱恋，家国并堕，举世复“返于禽兽”。盖 Tennyson 取进化说，而归其因于灵智。人有体魄，与禽兽相接。又具性灵，则与神明通。唯以性灵主宰体魄，乃能自奋于人生向上之道，如或不慎，辄至败亡，唯性灵永在，终有上进之趋势。故诗言 Arthur 负伤，遁走 Avilion 仙岛诗曰，吾去，但不当死。而其人生之格言，则曰：

Move upward, working out the beast. —*In Memoriam*

此即 Tennyson 对于人世之乐观。盖合进化学说，与神秘宗义而一之者也。

Robert Browning (1812 — 1889) 之诗，以难解称，盖意主独创，语又简括，故大抵隐晦。*Pippa Passes* 一诗，为其著名之作，可窥见乐天思想。Pippa 为缫丝工女，终年劳作，唯元日得暇。因游行村野间，喜笑歌吟，闻者各得妙解。恶人变行，怀疑断望者，悉复坚定。诗中一节云，岁为春日，日为清晨，晨在七时，露盈山麓，天鹨展翼，蜗牛在棘，神居天国，世界万物各得其所。为全篇精神所在。虽后世误会以为任天，然本意实主努力，灵性不灭，得望永生。人世第为试验之场(Probatio)，善恶并存，各有其用。人当努力享乐，向善辟恶，并即以助性灵之上达。世间事物，悉由神意，努力向上，亦神意也。Browning 夫人名 Elizabeth Barrett (1806 — 1861)，亦能诗。有《蒲陶牙人之歌》(*Sonnets from the Portuguese*)四十三章，最有名。又长诗 *Aurora Leigh*，用韵文记少女半生经历，似自叙也。

Tennyson 与 Browning 处理智主义时代，独能于希望信仰中，得所安住，甚足代表英人庄重之气质。唯不满现世，怀疑苦闷，或欲高蹈避世者，亦多有之。Matthew Arnold（1822 — 1888）承先世之教，少而信道。后入 Oxford 大学，值理智与信仰之冲突，起“Oxford 运动”。J.H.Newman 提倡纯信，欲以补救。而Arnold 终失其信仰，盖感情之要求，不敌理智之决断，故其诗多怀疑之音。Arthur Hugh Clough（1819 — 1861）为Arnold 同学友，诗风亦相近。二人俱怀疑，而不至于自弃。其坚忍之态度，颇有斯多噶派(Stoicoi)流风，然其悲哀，亦因以愈深矣。James Thomson（1854 — 1882）幼丧父母，历诸困穷，又禀遗传，以纵饮卒。作诗多极悲观，与意大利之 Leopardi 相似，译其文集行世。所作诗集曰“幽夜之市”(*The City of Dreadful Night*）最有名。世称英国唯一之悲观诗人。

英国高蹈诗派，自称P.R.B.（Pre-Raphaelite Brotherhood）。一八四八年顷有画家三人，初立是会，以革新绘画为旨，后二年刊杂志曰“宝玉”（The Germ），始涉文艺。Rossetti为创始三人之一，兼通文学美术，为之主宰，一时文人景附，如Morris及Swinburne，皆其杰出者也。其先英国绘画，皆以Raphael为宗。Rossetti等力欲脱离，复归单纯，求模范于中世。其说转入文学，乃成“惊异复生”与仰慕中古之现象。昔之传奇派，好奇尚美，仅由自然之感兴，今则别有寄托，欲假理想世界以逃现实，所以不同也。Dante Gabriel Rossetti（1828—1882）本意大利人，随父亡命英国，遂不复归。故其艺术，亦本意大利。女弟Christina Georgina Rossetti（1830—1894）亦能诗，与Browning夫人齐名，著有《鬼市》（*The Goblin Market*）等诗集。

William Morris（1834 — 1896）事绘画建筑，兼治诗文，多取材于北欧。译有伊思阑传说，及希腊罗马古代史诗数种。所作诗以《乐土》（*The Earthly Paradise*）二十四章为尤最。诗仿 *Canterbury Tales*，言有众航海，求乐土避疫。乃抵西方一岛，希腊逸民所居，留一年，互述故事相娱乐。自序言意欲俾人在艺术中，得暂时之安息。唯人世实相，终亦不能尽忘，故其后散文著作，渐有社会主义思想，如《虚无之乡》（*News from Nowhere*）一卷，即其代表。仿 *New Atlantis* 等书而作，文章亦仿中世，特甚朴雅。

Algernon Charles Swinburne(1837 — 1909)亦属 P. R. B. 派，唯其诗思多本希腊。又慕自由，深恶政教之束缚人心，与 Shelley 相似,时有反抗之音。一八六六年《诗集》（*Poems and Ballads*）出，一时毁誉纷纭，盖其异教思想，颇与世俗违忤，故众多不满。唯称之者亦极众。所著诗剧颇多,有 *Anactoria* 一卷,本 Sappho 遗诗“Eis Eromenan”一章，推演其意而成，亦特优胜，唯自序言则以为未能得其十一也。

三八　又

微多利亚时代小说，Dickens 著作最有名。Charles Dickens（1812 — 1870）出身贫贱，多历困苦，故大抵写下层社会情状。对于他人苦乐，特有同情，希望光明，亦因之而起，唯旨在劝戒，于人生问题，别无见解，描写世相，或涉夸张，祸福因缘，多非自然，有 Melodrama 之风，为论者所不满。其特长盖在滑稽（Humour）中间复悲悯之情，故甚能动人，书之风行一世者亦因此。所作凡十三种，*David Copperfield* 称最，中叙 David 幼时苦境，多据己身经历为本，故特深切。*Nicholas Nickleby* 与 *Oliver Twist* 次之。*Pickwick Papers* 记村市情状，多极诙诡，盖为新闻记者时，巡行各地，所闻见也。William Makepeace Thackeray（1811 — 1863）作小说，以讽刺名。Dickens 所写多贫贱生活，人物又率异常，非至愚极恶，则慈仁神圣，亦世所希有。Thackeray 记中流以上社会情状，又只是日常言行，而以讽刺之笔出之，发幽揭短，颇与写实派小说相近。唯每下断语，直接披示其意，有十八世纪 Fielding 时余风，与法国自然派之客观小说迥异矣。Thackeray 作书六种，其二为历史小说，言女王 Anne 时事，社会小说四种，以 *Vanity Fair* 为最胜。

George Eliot 本名 Mary Ann Evans（1819 — 1980），受当世怀疑思想影响，译 Strauss《基督传》。自言神明义务，灵魂不灭三事，皆所不信，故多奇行，不为宗教法律所羁。人生观则以利他主义为本，以为人唯去自利之心，乃能使人世进于和平安乐。所著小说，多寓此意，*Silas Marner* 其最著者也。同时女小说家，有 Bronte Sisters 亦有名。Charlotte Bronte（1816 — 1855）最长，著作亦最多。Emily（1818 — 1848）作 *Wuthering Heights* 一卷，发表情绪，至为真挚，非余人所及。

英国十九世纪小说，虽多写现世，属 Novel 一流，而 Romance 故未绝迹。Scott 以后，为历史小说者尚多，Thackeray 之 *Esmond*，及 Eliot 之 *Romola* 皆是。Charles Kingsley（1819 — 1875）作 *Hypatia*，记五世纪时东罗马事，含传奇趣味益多。一八八三年 Robert Louis Stevenson（1850 — 1894）作《宝岛》（*Treasure Island*），遂达其极，所记仍不外荒岛藏金，海贼械斗诸事，而一经炼冶，别具特色。盖 Stevenson 文才优胜，又性好述异，非由造作，故其多自然之趣。Henry James 谓为有“永久童性”。所撰《儿歌集》（*Child's Garden of Verse*），特具神韵，正亦因此也。

George Meredith（1828 — 1909）与 Hardy 并称现代小说大家，唯 Hardy 悲观人生，Meredith 则颇有乐观。故所讽刺，大抵人间一部之恶德，而非人生全体。描写人物，至极精妙，又富于滑稽，故为世所重。唯文章简劲，如 Browning，亦以难解称，所著小说中，

《利己家》（*The Egoist*）一书最有名。

Thomas Hardy（1840－）本土木工师，转而治文学。诗歌短篇以外，有小说十四种。自分为三类，一曰技工小说（Novels of Ingenuity），二曰传奇小说（Romances and Fantasies），三曰性格与境遇之小说（Novels of Character and Environment）。唯差别多在形式，意旨则无大异。Hardy之人生观，盖近于Schopenhauer一流厌世哲学。以为自然不仁，每引人入于忧苦。而人间社会，复以因袭之礼法，助之为虐，假罪恶之名，驱迫个人，至于极地，人生悲剧，所以众多。第三类小说，申明此义，尤极显著，*Tess of the D'Urbervilles*：*A Pure Woman*与*Jude the Obscure*皆是。*Tess*一书，为Hardy杰作，叙Tess以自然之过失，为社会所迫，陷于不幸。始于离弃，终犯刑法，以至灭亡。*King Lear*剧中云，神杀吾侪以为戏，如顽童之杀蝇。Hardy亦于书末缀言曰，公道（Justice）已申，神明之君，对于*Tess*之戏弄，亦已了矣。Hardy对于自然与人生之意见，略与决定论相似，唯又以因袭之礼法为人生大害，则其独见也。所作多重客观，虽细写黑暗，不如法国自然派，而陈词痛切，在英国已足骇世。至其悲观，盖本出于悲悯，故无自然派之冷淡。如Tess末节，遂不觉有愤激之言，虽与客观态度，不甚相调和，然即此足以见著者真挚之情，亦令读者深受印感也。

微多利亚朝散文名家，Thomas Babington Macaulay（1800 －

1859）之外，有 Carlyle 与 Ruskin 二人。Thomas Carlyle（1795 — 1881）著《英雄论》（*Heroes and Hero-Worship*），《衣服哲学》（*Sartor Resartus*）最有名。宣传劳力之福音，与 Browning 相似。John Ruskin（1819 — 1900）虽非 P. R. B 中人，顾颇近 Morris。所著《现代画家论》（*Modern Painters*）外，多论美术之书。晚年倾心于社会改良，以互助为本。盖所爱为美与平和，而审度人间，乃多罪恶苦难，扰其心情，使不得安处。故尚美之心，转为济世，亦即欲美化世界，使人己共能享美也。

三九　德国

德国自然派文学之兴，在普法战争后。其所依据，多即 Zola 派学说，而受 Nietzsche 影响亦甚大。自然主义之寻求真实，与超人思想之主张自我，同为近代文学大本，其受世人误解，亦正相同。Friedrich Nietzsche（1844 — 1900）初治古文学，为大学教授。渐觉举世猥浊，迫压个性，共趋于下，因发愤著书。据进化之理，更定道德，创超人之教，所著以 *Also Sprach Zarathustra* 一书为最有名。文体仿圣书，立意高迈，文复朴雅饶诗趣，为德国近时散文名著，世遂多称之为哲学诗人也。Nietzsche 思想，盖本达尔文归纳之说，与一己演绎之思索而成。以为人类由动物演进，故可更努力渐进，达于至善。以人为进化之中程，非其极致，故人之所以可贵者，非以今方为人故，乃以他日将进为超人故也。Zarathustra曰，“吾语汝超人（Ubermensch)，人者，所超者也，而汝曾何所为以超之耶。万物莫不创造于其外，而汝乃欲为大海之退潮，愿复返于禽兽而不欲超人耶”。又曰，“人犹一绳，县于禽兽与超人之间，犹一绳在深渊之上也。欲度固危，若反顾战栗止步，亦危矣哉。至于超人之出，盖有二途。如De Vries之偶变说（Mutation Theorie)，时忽一现，而为英雄，若那颇仑等是。又或如达尔文进化说，积渐而至，于人类外别成一种”。Nietzsche之所希者盖在此。其言有曰，“汝毋以所从来为贵，但当视汝之所之。汝毋反顾，但当前望。汝其永为流人，去父母先人之地。汝当爱汝子孙之地，即以此爱为汝光荣可也”。此与Francis Galton之善种学说(Eugenics)甚相似。综其方术有四，一定婚制，二兴教育，三联合欧洲，四废基督教。Nietzsche又本进化论说道德，谓善恶无定，随时而变。今求独立自强，亦当重定道德，以利生存进取者为善，否者为恶。故于基督教之他利主义，特甚憎恶。唯其主张坚卓，但自为计，而非以强暴陵人。德人Ludwig Lewisohn曰，世人想象，每以超人为一伟美之野人，跨奴隶之颈，此大误也。依Nietzsche说，尔时人人皆为超人。不适于生者，久已不见。正如达尔文所说，过去世间，甚多生物，今俱自归于消灭也。Nietzsche愤世嫉俗，又以身世关系，说反动之哲学，与 Rousseau 之讲学极相类。Rousseau 欲复归自然，解放个性，Nietzsche 则进而主张自我积极之发展。其现世思想，于近代文艺，至有影响。一九一三年 Bernhardi 将军著《德国与次一战》,引 Nietzsche 之言为题辞。世人对于超人思想之误会，乃益深矣。

德国自然派小说有二类，一为倾向派，一为纯自然派。少年日耳曼时代，Gutzkow创倾向小说，Spielhagen与Freytag承之，至十九世纪后半，著作尚多。自然主义既入德国，遂合为一，Wilhelm von Polenz（1861－1909）之*Der Büttnerbauer*，其代表也。Büttner家世业农，力守先畴。以社会经济制度不良故，渐见损败，终鬻其田。临售，犹欲一耕为快。虽意在写实，而为书中旨趣拘束，发展不能自然，是为此派通病。Georg von Ompteda（1863－）著*Sylvester von Geyer*，较能调和，渐与纯自然派近矣。

Hermann Sudermann(1857 －)与 Hauptmann 并称现代文学大家，其著作亦与倾向派相近。所描写者，非仅人世迹象，大抵与道德问题有关。叙个人与社会之冲突，求得解决之法。其意以为世无绝对之道德，但随时势而生变化。唯缘个人思想与社会因袭，趋势不能一致，于是遂多冲突。一八八七年作 *Frau Sorge*，颇怀悲观，以为反抗服从，两无所可。次作《猫桥》(*Der Katzensteg*)，乃主张积极反抗，与不正之社会奋斗。又作剧本，亦多此类。《故乡》(*Heimat*)一篇，最有名，言女子解放问题，盖颇受 Ibsen 感化，与彼作《傀儡之家》（*Et Dukkehjem*）相似也。

纯自然派之名，对于倾向派而言，与法国作家又有异。Clara Viebig（1860 —）著《日粮》（*Das tagliche Brot*），写贫民生活，而多有同情，无自然派之冷淡。Gustav Frenssen（1863 —）继Keller等后提倡乡土艺术（Heimatkunst），几近传统主义。唯叙记甚朴实，故归之自然派而已。Thomas Mann（1875 —）著*Buddenbrooks*十一篇，叙一家族之兴亡，以遗传境遇，为之根本，描写亦纯用客观，为自然派中杰作。其兄Heinrich Mann（1871 —）亦有名，师法Flaubert，而思想则近颓废派。Arthur Schnitzler（1862 —）本维也纳医师，亦著小说，尤以戏曲名。

Gerhart Hauptmann（1862 —）作曲甚多。一八八九年始作《日出前》（*Vor Sonnenaufgang*），为自然派剧先驱，至《织工》（*Die Weber*）而极其盛。九十六年作《沉钟》（*Die Versunkene Glocke*），转入新传奇派，后虽复归于自然派，唯别无名世之作。沉钟象征之意，说者纷纭，未能一致。或以为代表新旧道德之交代，钟师Heinrich以旧钟既沉，乃藉精灵之助，别铸新者，未能成就。又闻沉钟鸣于渊，心复摇动，于是遂败，说较明显。此外作者甚多，Frank Wedekind（1864 —）最特出。九十一年作《春醒》（*Frühlings Erwachen*）一篇，尤为世所知。

德国新派诗歌，兴于一八八五年。Michael Georg Conrad刊杂志曰“社会”（*Die Gesellschaft*），述Zola学说，Karl Bleibtreu

继其后，作《文学革命》一文，提倡现代主义（Modernism）之文学。集同派诗人著作，刊布之曰“少年德意志”（*Jung-deutschland*）。Hermann Conradi（1862 — 1890）为序，言诗人天职，在为人生导师，吟真挚之歌，以撄人心，使生为焰。Arno Holz（1863 —）亦少年德意志派诗人之一，所作尤胜。八十六年出诗集曰“现在之书”（*Buch der Zeit，Lieder eines Modernen*），有云，“今之世界，已非古典时代，亦非传奇时代，但为现代而已。故诗人亦应自顶至踵，无不现代也”。Conradi 后受 Nietzsche 影响，倾心于超人思想。Holz 初立自然主义，作诗多民主精神，自称倾向诗人（Tendenz Poet）。后乃主张直抒印感，唯重自然节奏，废绝声韵，当世称之曰电信体，又为象征派先驱也。

德国写实派诗人，最有名者曰 Detlev von Liliencron（1844 — 1909）。此写实派之名，但对传奇派而言，与法国客观诗派复异。Liliencron 本陆军大尉，屡经战阵，后退职专治文学。对于人生，颇怀乐观。以努力奋斗，自求满足为主义，盖亦有超人之思想。唯其格言，一曰前进毋反顾，而其一又曰自制。则虽主及时行乐，而又以不侵人之权利为界者矣。

Richard Dehmel（1863 —）与 Liliencron 为友，主张自我之满足，亦受 Nietzsche 感化。唯 Nietzsche 之说，在俟超人出现，非为个人幸福计。Dehmel 则以现代为的，又以为神人合一，万物皆备于我，人唯能充满其生，斯能本己得救，即亦以救世界。如所作《二人》(*Zwei Menschen*)，即宣说此意，颇近神秘思想。Dehmel 自称 Nietzsche 之徒，而对于人间辛苦，又甚有同情，故其诗颇见社会主义倾向。“Der befreite Prometheus”一诗，言 Prometheus 睹人世恶浊，因生悔恨欲毁灭之。有二人者，本是仇雠，是时乃互相助，与自然之力抗争，Prometheus 见之遂止。赞扬人群之大爱甚力，Dehmel 诗有云，Die liebe ist befreiung，盖足以代表其思想矣。

四十　意大利　西班牙

意大利十九世纪后半文学，以 Carducci 与 D'Annunzio 二人为代表。传奇主义既衰，著作虽多，仅余形式而无精神，遂见反动，Carducci 之新古典派最有力。Giosue Carducci（1835 — 1907）少承家学，深通古代文学，故其诗宗罗马，而思想则古代异教精神也。尝云，“言政治则先意大利，言艺术则先古典诗歌，言生活则先真率强健”。盖传奇派仰慕中古，所尚者为北人之封建制度及东方之基督教，并与罗马民族不能投合，故务欲排而去之。唯古昔神话诗歌，实为国民精神所在，则阐发唯恐不力。然其诗亦非专事模仿，故与十八世纪著作又有异。爱重人生，力求自由享乐，反抗外来之迫压，纯为现世主义，与近代人之思想故复一致也。所著以《蛮荒之歌》（*Odi barbare*）一卷为尤最。新古典派诗人甚多，Giovanni Pascoli（1855 —）最胜。少历困穷，因倾心于社会主义，宣扬慈惠和平之教，有倾向诗人之名。唯颇乐观，以为世有忧患，乃能使人生精进，远于禽兽。同抱社会主义而倾向悲观者，有 Arturo Graf（1844 —），为 Turin 大学教授，受唯物思想影响，遂转入厌世，较 Leopardi 尤甚。Leopardi 以死为永息，而 Graf 则信物质不灭，以为虽死而不亡，斯即不能死，故亦无由能得安息也。

纯自然派之诗，有 Olindo Guerrini（1845 —）作 *Postuma di Lorenzo Stecchetti*，以法国诗人为师法，唯其势不张，不能如 Carducci 派之盛也。

Gabriele D'Annunzio（1864—）少时读*Odi barbare*及*Postuma*，深受感化，学为诗。一八七九年出集曰*Primo Vere*，格调完美如Carducci，而精神则近Guerrini，盖*D'Annunzio*之异教思想，并不服道德之羁索，更进于Carducci也。其诗风初属自然派，后乃转为尚美。以享乐为艺术人生之终极，故凡所著作，意在言美，非专以表现人生，文词极瞻丽，而思想少见变化。小说中主人，大抵颓废派中人物，又受超人思想之感化者。然南欧艺术之精华，与现代人心情，具见于此，故为可重也。著有诗曲小说甚多，《死之胜利》（*Trionfo della Morte*）为《蔷薇小说》之第一篇，最有名。

自然派小说初创于 Luigi Capuana（1839 —），至 Giovanni

Verga（1840 —）而大成。其客观描写，纯以 Zola 为法，唯多叙乡民日常生活，不专重黑暗一面。有《恶意》（*I Malavoglia*）一书最胜，叙渔人贩大豆，舟覆，长子死焉，而索豆值者甚急，乃货其居以偿之。Verga 熟知故乡渔人生活情状，故言之极恳挚。Matilde Serao（1856 —）著小说亦有名，与 Ada Negri 并称意大利女文学家也。

Antonio Fogazzaro（1842 — 1911）初为唯物思想所动，颇怀疑，终乃复得信仰，归于宗教。故所作小说，亦多光明希望。唯意在宣传义旨，叙述情景，每依主观造作，失自然之致。如 *Daniele Cortis* 一书，言 Elena 弃绝私爱，从夫于美洲，显扬克己之美德，最足见其思想。第以文艺论，未为具足耳。千九百六年作《高士》（*Il Santo*），写理想之道德生活，与《死之胜利》中 Giorgio Aurispa 行事正反。罗马法王收入正教书目，尤为世间所知。盖 Fogazzaro 实为基督教思想之代表，与 Carducci 等之异教思想，适为反对也。

西班牙现代文人，Juan Valera（1827 — 1905）最著。初治法律，后为外交官，历任美奥比利时诸国公使。作《神火》（*El Fuego divino*）等诗集，尤以小说得名。*Pepita Jimenez* 一书最佳，论者以为西班牙新小说之发端也。又有 Benito Perez Galdos（1845 —）著作甚多，约可分三期。初作历史小说，写当代政治战争事，总名《国民逸闻》（*Episodios Nacionales*），计二十五卷。次作 *Dona Perfecta* 等，转而言信仰问题。终乃写民间日常生活，纯为写实派作矣。

Leopoldo Alas（1852 — 1901）与 Armando Palacio Valdes（1853 —）共刊杂志，传布法国自然主义。唯 Alas 意主调和，Valdes 则纯以新派为师法，故称西班牙自然派之第一人。Quiroga 夫人本名 Emilia Pardo Bazan（1851 —），著小说甚多，有名于世。一八八七年作 *La Madre Naturaleza* 最胜。

Jose Echegaray（1832 — 1916）初治数学及经济，六十八年革命时，为临时政府阁员。后转入文学，多作戏剧，颠到其姓名以自号，曰 Jorge Hayeseca。所作凡五十余种，*Mariana* 最有名，英人 William Archer 称之为 *Romeo and Juliet* 后之佳作。又有 *Hijo de Don Juan* 言遗传问题，盖受 Ibsen 影响而作，与《游魂》（*Gengangere*）一剧，可仿佛也。

四一　俄国

十九世纪后半俄国文学，称 Gogolj 时代。文人辈出，发达极盛，影响于他国者亦甚广大。北欧思想本极严肃深刻，虽易坠悲观，而情意真挚，无游戏分子，实为特采。俄以政治关系，民生久历困苦，阴郁之气，深入于人心。发为文学，自多社会之倾向，属于人生艺术派。至 Tolstoj 著《艺术论》，此义愈益昭著，为人道主义文学所由起，而其首出者则 Gogolj 也。

Nikolaj Gogolj（1809 — 1852）本 Malorossia 人。初作《田村之夜》（*Vetchera na Khutorje*）二卷十二篇，言故乡情事。富于谐谑，又多涉神怪，有传奇派流风，而描写不离现实。或之名曰，感情派写实小说。卷中有“Taras Bulba”一篇，记十五世纪时哥萨克与回部战事，甚有精彩，称历史小说模范。后至彼得堡，服官公署，为文多叙官吏生活，讽刺益深切，Puschkin 以为笑中有泪，盖知言也。短篇有《狂人日记》（“Zapiski Sumasschedschego”），《外套》（“Schinelj”）等皆有名。其杰作则有喜剧曰“巡按”（*Revizor*），小说曰“死灵魂”（*Mjortvyje Duschi*）。

Gogolj 与 Puschkin 友善，Puschkin 尝行旅至一邑，有司相骇以为大吏微行，后以语 Gogolj，云可作剧，Gogolj 遂成《巡按》一篇。少年 Khlestakov 者，以博丧其资，留滞旅次。邑吏闻有巡按将至，疑即其人，迎入私宅，各进货贿。及少年辞去，邮局长得其致友人书，始知其误，而门下报巡按至。其讽刺官僚政治之腐败，至极深切，论者每以比 Molière 之 *Tartuffe*。唯 *Tartuffe* 以正报终，*Revizor* 则本事方始，剧已终局。末场所演无言剧（Dumbshow），又特佳妙，有不尽之意，故尤胜也。剧既成，文禁正严，虑不得公布，或以稿呈尼古拉一世，读之大笑，即命演之。帝亦临观大悦，召 Gogolj 语之曰，吾未尝得如此畅笑。Gogolj 则对曰，吾所期者，乃本别有所在。此一语足为 *Revizor* 之确评，亦可以包举其全体之著作矣。Gogolj 描画“卑下之真实”(L'humble Verite)，不亚于 Maupassant 诸人，唯具有二特质，为法国自然派所少见。一曰滑稽（Humour），一曰寓意（Moral）。盖 Gogolj 见人世种种刺谬，每不禁嘲笑之情，而又悲悯世间，谋欲拯救。合是二者以成书，故外若诙诡，中则蕴蓄悲哀，并深藏希望也。又有喜剧《结婚》(*Zhenitiba*)一篇，善表现斯拉夫族之惰性（Inertia），不仅以写实见长。

《死灵魂》上卷十一章，以一八四六年刊行，原名“Tchitchikov 旅行记”(*Pokhozhdenije Tchitchikov*)。言 Tchitchikov 游行乡邑，访土田主，收购死亡农奴之名，籍而徙之边地，将以质诸国立银行。当时盖曾实行之者，旋事败被捕。Gogolj 假其事为小说，写奴制未废时社会情状。农奴境遇，固极惨苦，而田主习于游惰，渐就衰颓，上下交困。Puschkin 读而叹曰，“悲哉俄罗斯之国。第 Gogolj 别无造作，所言并诚，皆单纯而可恐之真实也”。描画人物性格，尤极微妙。如 Manilov 之庸俗，Korobotchka 之愚狡，Nozdrev 之无赖，Sobakevitch 之鄙倍，俱非凡手所能，而写 Tchitchikov 尤胜。Kropotkin 论之曰，“人言 Tchitchikov 为俄国特有之性格，实则不然。吾辈殆随在遇之。此实人间共通之仪型，不为时地所限，唯应时地之要求，略易其外貌而已”。Gogolj 亦云，读者或平旦自省，问究能无 Tchitchikov 分子在乎。故其书虽一时之作，而实含溥遍之性质，与凡诸世界名作相同。Gogolj 虽写实，唯多滑稽，故时或近夸。又含教训，故多加案语，如《死灵魂》末章，则纯为论议，自表其意见，亦正可为其理想派小说之宣言也。

十九世纪中叶，俄国厉行文禁，《死灵魂》上卷虽以大力周旋，得许刊行，唯售后即禁再印。Gogolj 作下卷垂成，意忽中变。以为爱国之士，不当暴祖国之恶，前此著作，皆为罪业，因自忏悔，归依宗教。一夕悉焚其稿，后人就草本中录而刊之，多断缺不定，不能与上卷比美矣。

Ivan Goncharov（1812 — 1891）本商家子。作小说重客观，稍近艺术派，故俄之论者多非之。唯此仅著作态度而已，若以其精神，固不与人生相离异。著作中最有名者为 *Oblomov*，写农奴时代国民之惰性，一时社会惊悚，各以 Oblomovshchina 相警戒，影响之大不下《死灵魂》也。*Oblomov* 生长于安富尊乐之中，丧其活动之能力，虽有理想而无实行，即以 Oliga 之精诚爱力，亦不能救。终复归于潜蛰生活，披衣趿履，盘桓一室之内，以脑充血卒。此在俄国当时，固由民情时势结合而成，唯富厚之余，必见流弊，事悉如此，不仅一时一地为然。*Oblomov* 一书，具有永久之价值，亦正以此也。

Ivan Turgenjev（1818 — 1883）系出名门，受高等教育。Gogolj 卒时撰文悼之，为政府所忌，将遣戍，赖有营救者，得减为拘束，幽居乡里者年余。及解免，乃移居巴黎。著作亦含社会倾向，唯受法国文学影响，构造特甚精善，为俄国文人之最。十九世纪上半，斯拉夫国粹派势方张，以 Turgenjev 崇西欧文化，斥为不爱国，而非其实。Turgenjev 居异国，思乡甚苦，尝一归省，睹国内种种不幸，不能安居，复入法国，遂不复返。所作小说，极艺术之美，不如法国自然派之专言人生暗黑，而亦不离现实。写人情世相，至为真切，Brandes 论之曰，Turgenjev 悲观而复爱人，故文情特富美。又多阅世故，既不如法国文人流于玩世，亦不如英国之喜言教训。凡所叙录，皆为常事，不涉奇异，或近秽浊。大抵以贫苦怯弱，心意不固，颓唐无聊之生活为主材，写其内心之悲剧。唯与 Dostojevskij 又有异。Dostojevskij 言显著之罪恶忧患，而 Turgenjev 则言不幸者隐默之悲哀也。

Turgenjev 初作《猎人随笔》（*Zapiski Okhotnika*），记其游猎见闻之事。描写物色人情，均极美妙，对于农奴之困苦，尤有同情。论者比之美国 Stowe 夫人之 *Uncle Tom's Cabin*，其影响亦相同，唯以艺术论，则《猎人随笔》为更杰出。文主写实，不露教训之意，而文情俱胜，自能动人，如 Sutchok 及 Vlas 诸事皆是。又有“Mumu”一篇，虽不在《随笔》中，而性质相类，写 Grasim 隐默之悲哀，尤足当 Brandes 评语也。

《猎人随笔》以外，Turgenjev 作短篇小说，可四十种，皆称佳作，而“Jakov Pasynkov”,《薄命女》（“Nestchastnaja”）等又为最胜。尤以长篇著作得名，其尤者为 *Rudin*,《父与子》（*Ottsy i Djeti*），《贵人之巢》（*Dvorjanskoje Gnezdo*），《烟》（*Dym*），《新地》（*Nov*）等。

Rudin 作于一八五五年，时 Hegel 唯心论方盛行，俄国少年亦大受影响，Rudin 者即其一人。怀高尚之理想，其言甚美，而实行

不足相副。盖本质犹是Oblomovshchina之流风，而时代精神，亦有以成就之也。Rudin以言谈得Natalija之爱，而复不能践言，弃自由之说，而更勉人以从顺。终乃漂流至法国，死于二月革命之巷战。其意志不坚，为斯拉夫人通病，唯怀有热诚，已视Oblomov稍进矣。

《父与子》为Turgenjev最有名著作，写六十年顷新旧思想冲突之事。当时唯物思想渐渐之兴盛，学者多去Hegel而就Büchner，奉《力与质》一书为典要，凡讲学皆以求诚致用为归宿。对于从来传袭之礼法，悉不信任。唯征之学术而信，施于社会而有利者，始为可取。Bazarov即此派代表，与Kirsanov兄弟相对抗。然终惑于Odintsova夫人，不能竟其志而卒。此书出后，世论纷然，"父""子"两世，悉起攻击，Kirsanov一流，固怒其揭发隐覆，少年则以写Bazarov近于讽刺，亦不能平。Turgenjev力自申辩，误会愈甚。至近时据所作"Hamlet i Don Quixote"一文，始明其理。Turgenjev以此二者为人性代表，论其短长，不得不右Don Quixote，唯一己性情，又实与Hamlet近，故爱Hamlet而复重Don Quixote。见诸著作，则写Rudin之短，犹可得人怜宥，写Bazarov之长，乃更使读者不满，正缘性情各异故尔。《父与子》为言俄国虚无主义最早之书，虚无论者（Nihilist）之名，亦始见于此，故世人特甚重之。

Turgenjev又有散文诗一卷曰*Senilia*，盖多晚年作，故名。辞意精炼，可与 Baudelaire 相匹，又能窥见其思想感情，至足珍贵。如《自然》一篇，言人虫等视，生杀时行，一无偏倚，厌世思想，不亚 Leopardi。及读《乞食》则爱怜人类之意，又自显著。《故乡》诸篇，所以寄爱国之思。卷末《阈上》一章，赞美革命事业，至极恳挚，Turgenjev 之本意，于此可见也。

Fyodor Dostojevskij（1821 — 1881）初习兵工，为陆军少尉，自请退职，致力于文学。以《苦人》一书，得 Nekrasov 赏誉。四十九年以革命嫌疑为政府所捕，并其同伴二十一人，俱定死刑。临刑，忽有旨减等，发西伯利亚为苦工四年，又充军役六年，始得释。Dostojevskij 神经素弱，数被重杖，后遂颠痫。工作之余，唯读圣书，久之思想亦渐改。昔之社会主义，已不复存，转为基督教思想。服从政府教会，宣传爱之福音以救世。其著作思想，与 Turgenjev 正反。盖 Turgenjev 主虚无说，因生悲观，Dostojevskij 则重信仰，以为神人合一，故多乐观。又一崇欧化，一则国粹论者，故二人意见素不相合也。

Dostojevskij 归国以著作自给，境遇穷迫，故文字不甚修饰，晚年始稍裕。六十一年作《死人之家》（*Zapiski iz Mertvogo Doma*）记西伯利亚狱中事，悉据本身经历，故言之甚详实，为生平杰作。又有《罪与罚》（*Prestuplenije i Nakazanije*）者，亦极有名。尔后所作，如 *Bratya Karamazovy*，《白痴》（*Idiot*）等，皆冗长，又述病苦，逾于常轨。盖 Dostojevskij 精神本异常，并见之于文字，身心健全者，每不能与之谐合。如《白痴》亦 Dostojevskij 名著之一，假 Myschkin 自表其意，而 Kropotkin 乃云未尝能读之终卷，即其一例也。《罪与罚》叙少年学生曰 Raskolnikov 者，迫于境遇，又受唯物思想影响，破灭道德之束缚，杀二老妪，欲盗其货而未得。后以 Sonja 之化，忏悔自首，遣发西伯利亚，Sonja 亦与偕。向上之精神生活，于是复始。Dostojevskij 爱之福音与其乐观，皆于此倾注无遗蕴，书以宣示义旨，故描写不能专据客观。唯由热诚深爱，乃能造成真挚之情景，令人感动，为力至伟。如 Marmeladov 家事，其最者也。Dostojevskij 属国粹派，故以为西欧唯物思想，足以误人，又隐然反对政治之革命。故论者于此，亦多不满。盖基督教义，本如 Nietzsche 所说，为弱者道德。今又推至其极，以生存为患，以苦痛为正，以忍受为善，欲遗人世而待天国，固未足为人生唯一之轨范。唯其宣传爱之福音，使人知物我无间，所当泯绝界限，互相援助，则深有功于后世。又复能力行其说，克己为人，如《受难者》（*Unizhennyye*）书中 Vanja 之行，尤为难能而可贵也。

Lev Tolstoj（1828 — 1910）主张人道主义，与 Nietzsche 超人哲学角立，为近世思想二大潮流。Tolstoj 本伯爵，少时有志于外交，入 Kazan 大学，修东方言语。弃而学律，又不成。复至彼得堡，沾染时习，浮沉于社会者久之。其兄 Nikolaj 从军高加索，招令往，乃去浮靡之社会，与自然生活接，大得感兴。作《童时》（*Djetstvo*），《哥萨克人》（*Kazaki*），有文名。五十三年转任苦里米亚，时值俄法之战，Tolstoj 自请守第四炮垒，战极勇。作 *Sjevastopolskiye* 三卷，述战争之恐怖，世无其比，亦为后日非战萌牙。此后旅行欧陆，过巴黎见执行死刑，复大感动。以为同类无相杀之权，无论以暴力或法律使人不得其死者，皆此杀人之罪，为主持废止死刑之张本。六十一年农奴既释，乃返故乡 Yasnaya Poljana，建立小学，以教农民子弟。本 Rousseau 说，主张自由教育，自作教科书用之，有大效，而为政府所忌，旋被阻止。复治文学，作《战争与平和》（*Vojna i Mir*）及 *Anna Karenina* 皆有名，Tolstoj 少受物质思想影响，不信宗教。年五十，乃感人生之空虚，寻求其意义而不可得，殆欲绝望自杀。渐复归于信仰，始得安住，以协济农民为务，是为第一转机。八十一年，政府举行统计，Tolstoj 请为助理，得遍观墨斯科下层社会生活，知种种贫苦情状。因复转念，知昔日慈善布施，俱非根柢要计，而推本于贫富之不均，作《如之何》一书，详论其事，是为第二转机，即 Tolstoj 人道主义所由立也。Tolstoj 既以财产为诸恶之本，遂决意散财于民，躬耕自养，而为家人所梗，计不得行。欲洁身高隐，又不欲以一己故，使人伤心，与利他主义相背。因留不去，唯操作如田夫，不肯坐食。终以千九百十年十一月夜遁，得寒疾，寄宿中途小驿，至二十日卒。

Tolstoj 早年著作，纯为艺术作品。其后转入宗教，则不屑为文艺，唯藉作传道之用，而文字故自精美。其人道主义，成立于第二转机之后，唯此思想，实先已萌芽。如 *Sjevastopolskiye* 之非战，《哥萨克人》之非文明社会，《田主之朝》（“Utro pomjeschtchika”）述Nekhliudov巡行村落所见，言田主之贪暴，与农奴之愚惰困穷，皆函微意。*Anna Karenina*尤能兼二者之长，文情并胜，而作者义旨，亦得表示。所叙事迹，略与Tchernyschevskij之《何为》（*Tchto djelat*）相类。唯Anna与Vronskij后复以嫉妒相忤，又既与社会抗争，而复听其褒贬，遂以悲剧终。卷首引“圣书”语作题词曰，报复，吾事也，吾将偿之。读者往往误会，以为Anna之死，乃天之报施，而Tolstoj意实不然。当时论者甚多，唯Dostojevskij得其旨。盖此题词，即基督言汝毋判人之义。意谓人之于人，不当相责，但当相恕。此慈悲之律，与Tolstoj思想正合，若云报复，则与前后言行俱相背，必不然矣。

Tolstoj晚年甚薄文学，一意传道。十九世纪末年，俄国民间盛行新教，称Dukhoborstvo，以爱人为旨，反对军役及宗教仪式。政府力镇压之，而不能绝，终乃许信徒移居加那大，唯无资斧不能行。Tolstoj因取旧稿续成刊行之，集所得金资为助，即一八九九年所著之《复活》（*Voskreseniye*）是也。基督教言世界末日，人将复活。Tolstoj则假之以言精神之更生。Nekhliudov诱Katiuscha而复弃之，女遂堕落，终以谋杀人，流西伯利亚。时Nekhliudov为陪审官，见之，复念前事，因悔悟，从之至配所，自赎其罪。Maslova亦以此能自振拔，复归于善。论者以比《罪与罚》之续篇，唯Tolstoj虽主张忍受，略如Dostojevskij，亦兼取攻势，对于社会制度，责难甚力。谓富者食他人之力，游惰终身，贫者终年劳作，不足自养，陷于罪恶社会乃从而虐之，宁得为正。盖依 Tolstoj 言，则人性本善，其有过失者，只因身心关系，或机缘合会而成。但为道德之病，而非罪恶，故当于刑法外，别求疗治之方。《复活》一书，即示此义。书虽以寄教训，然又能与艺术相调和，故乃不失为文学之名著也。

Tolstoj 教义，大要分五项，一曰不抵抗，二曰不怒，三曰不誓，四曰不二色，五曰不责人。皆本基督十诫中事，而别加以解释。圣书云，有批汝左颊者，更以右颊就之，为不抵抗主义之极致。唯消极之顺受，更足以助长暴恶，故 Tolstoj 以毋以暴力抵抗为说。如农民被杖，固应忍受，法在使人人明理，无愿为田主执杖者，则平和自可得。盖 Tolstoj 诏人以不抵抗，亦并谕人以不服从。人唯当服从其良知，外此更无权威，得相命令。世间最恶，实唯强暴。人以强暴相加，于己虽不利，而若以强暴相抗，则以暴敌暴，恶将更滋，故当无抵抗。逮人或迫我以强暴加诸人，则宁忍受其咎，而勿更助长其恶，故复取不服从也。Tolstoj 虽归依宗教，唯其言神，含有泛神论倾向。以为良知即神，又以人类希求善福之心为神，别无超自然之说。尝融会四福音书为《基督言行录》，以神通奇迹为后世造作，悉削去之。俄国教会以其破坏政教，斥为外道，于千九百一年宣告破门。而民间崇信，转益深厚，其道流行亦益广矣。

四二　又

Tolstoj 后俄国文人辈出，为新兴文学第二时期。Vsevolod Garschin（1855－1888）与 Tolstoj 同里，多受其化。少习矿学，值俄土战起，日见报章载战地死伤人数，因悲悼无宁时。终至不能复忍，遂自投军中，冀分受人世苦痛。所作《懦夫》（“Trus”）一篇，即写此心情者也。后负伤归，记所阅历为《四日》等，写战争之恐怖，与 Vereschtchagin 所作画，并足为非战之纪念。七十八年百九十三人之狱，Garschin 有挚友亦与焉，竭力营救，而友竟死。Garschin 少有心疾，至是大作，居狂人院中久之。尔后益倾于悲观，终以八十八年，投阁而死。《红花》（“Krasnyi Tsvjetok”）一篇，为其绝笔。言狂人心理，至足供学术之研究，文辞亦复精美。又含蓄义旨，以赤罂粟花为诸恶象征，必忍死须臾歼除之为快，又可见 Garschin 之主义。后世称之为 Tolstoj 之徒，当也。

Vladimir Korolenko（1853－）本 Malorossia 人。初居墨斯科农学校，以政治犯罪，安置 Tomsk，又徙 Jakutsk，为西伯利亚极边，七年后始得返国。平生抱人道主义，其所著作，亦多言人生忧患。《Makar 之梦》一篇最有名。Makar 生荒林中，拮据求活，衣食每不给。一夕醉梦，身死入幽冥，Tojon 判其罪，将罚转生为礼拜堂马，Makar 乃自申辩，善恶之衡复转。盖 Korolenko 之意，以为人性本善，唯缘社会不良，个人为生计所迫，遂有过恶，若略迹而论，则人人平等，盗贼流亡，与贤人善士，同具性灵，别无差异，正与 Dostojevskij 所说同。又有《下流》一篇，自述儿时经历，为世所称。其人道主义思想，亦与他著一致。描写自然之美，有 Turgenjev 之风又稍含滑稽，则似 Gogolj 也。

Anton Tchekhov（1860 — 1904）父本农奴，有才干，以商起家，自脱其籍。Tchekhov 卒业大学，为医师，多阅世故，又得科学思想之益，理解力极明敏。初匿名曰 Tchekhonte，作小品二卷，多诙谐之词。至八十年后，时势骤变，其作风亦随转，虽仍稍含滑稽，而阴惨之气弥漫篇中，故人谓 Tchekhov 所写人生，皆呈灰色。尔时亚力山大一世被杀，二世继位，用旧派之言，大行虐政。往昔革新之萌芽，摧灭无遗。举国咨嗟绝望，而士流之颓丧尤甚，虽曾受教育，怀有理想，然为暮气所中，终复合于流俗，浮沉度世，别无意趣。Tchekhov 著作，善能记此时情状，以时代为背景，以国民性为主题，正如 Lermontov 之写 Petchorin 或 Goncharov 之 Oblomov 也。Tchekhov 以短篇著名，论者比之 Maupassant，然亦仅技术相似，思想则复不同。Maupassant 纯为客观，又由唯物思想而厌世。Tchekhov 虽悲观现世，而于未来，犹有希望。所作剧中此义尤显。著作计十六卷。短篇《鸣嗖梦》,《可儿》（“Golubuschka”），及“Dva

Volodja"等为最胜。又《决斗》("Pojedinok"),《农夫》("Muzhiki")诸篇稍长,亦有名。《决斗》写志行弱薄之少年,与 *Rudin* 相似。《农夫》则言乡村生活,暗淡可怖,近于法国纯自然派之作矣。

Maksim Gorjkij(1869 —)本名 Aleksej Pjeschkov,以身历忧患,故取 Gorjkij 自号,义云苦也。幼丧父母,育于外家。大父本一老兵,待之颇严,使从工师习艺,屡试不成。Gorjkij 乃逃去,为 Volga 商船厮役。始得见 Gogolj 著作,有志于读书。至 Kazan,欲学,不可得。佣于饼师家,二年,复辞去。入游民之群,游行各地,为种种工役商贩以自给。间作小说,记浪游生活,投诸地方新闻。九十四年始为 Korolenko 所知,极力赞许,为揭载所作"Tchelkasch"一篇,自是遂显于世。Gorjkij 与 Tchekhov 生同时,各能表现社会之一面。Tchekhov 多写士流,Gorjkij 则叙游民言行,至极精微。盖事多身历,故非余人所及,且亦性情相近,言之益复亲切。游民生活,类极困苦,唯受者别无怨尤之辞。性重自由而敢反抗,恒不惜与全社会忤,以得一己快意。顾亦非暴弃放纵,营求自利。虽身在恶趣中,而内心常有希冀,欲解不可知之人生,求不可知之幸福。如《昔曾为人者》("Byvschij Ljudi"),《心痛》("Toska")二篇,足为代表。毁弃拘束,力求自由,又终无厌足,不知安住,是为游民之特质,足为国民惰性之药石者。Gorjkij 实写其状,而复稍以理想化之,遂有人生战士之风。盖作者之理想人物,实为强者,能反抗之人,乃得之游民中。故于士流之沮丧,则唾弃不屑道也。其前本有民俗小说家甚多。Rjeschtnikov 专主写实，Uspenskij 等继之，Grigorovich 作又偏于理想，写农夫坚忍之德，颇近夸饰，Gorjkij 始能合二者之长，进于完善。所作有《Orlov 夫妇》（“Suprugi Orlovy”），《二十六人与一女》（“Dvadtsat schestj i odna”），《鹰之歌》（“Pesnya o Sokolje”）等最胜。《秋夜之事》（“Odnazhdy Osenju”）言 Natascha 之爱，悲怆而蕴藉，有 Dostojevskij 余风。又有长篇小说及戏曲数种，然皆在短篇下。Gorjkij 与谋革命，亡命意大利。一九一三年，政府许其归附，不应。至俄国革命成，乃归。

Leonid Andrejev（1871 —）家素贫，幼时苦学，恒受寒饿。卒业大学为律师，又不行，乃为新闻法廷记者。一八九八年始作小说，得 Gorjkij 推赏，Merezhkovskij 复投函致询，疑是 Tchekhov 托名，遂知于世。有《深渊》（“Bezdna”），《雾中》（“V Tumanje”）诸篇，颇似法国纯自然派，唯别有神秘之色，感人愈益深切。故若以《深渊》较 Maupassant 之《小 Roque》，则阴森可怖，殆有甚焉。凡所著作，多属象征派，表示人生全体，不限于一隅，如戏剧《人之一生》（*Zhiznj tchelovjeka*），可为代表。短篇中《谩》（“Lozhj”），《默》（“Moltchanije”），《小天使》（“Angelotchek”）等，俱佳。又有《Fivejskij 传》及《赤笑》等，篇幅稍长。虽并属悲观，而对于人生之挚爱，亦甚显著，同具人道主义之倾向也。

“Zhiznj Vasilija Fivejskogo” 述牧师 Fivejskij 之不幸，略如《约百记》。唯约百终以信仰得胜，Fivejskij 则由虔敬而入怀疑，又转为狂信，终复决绝，以狂易死。信仰破灭，唯有定命为宇宙主宰，盖与《人之一生》，同其暗淡者也。

《赤笑》（“Krasnyj Smjekh”）作于千九百四年，值日俄战后。Andrejev 虽未亲历，而凭神思之力，写战争惨状，能达其极，与 *Sjevastopolskiye* 及《四日》等并称。Tolstoj 与 Garschin 写战时事实与心理，已极深刻，Andrejev 则多用象征，暗示之力，较明言尤大，故《赤笑》之恐怖，尤足令人震惕。美国 Phelps 言世界非战之文学中，猛烈更无逾《赤笑》者，殆非过誉。同时有 Aleksandr Kuprin（1870 —）为陆军中尉，作《决斗》一书。写平日军队生活，极种种恶德，或以为即揭发战败之因，唯作者之旨，实不在此。据所自述，则唯欲实写军官社会情状，而反对军役之意，亦寓其中。Nazanskij 所说爱之宗教，盖即 Kuprin 之理想，与 Andrejev 相同者也。

《七死囚记》（“Rasskaz o semi povjeschennykh”）卷端题云，呈 Tolstoj 伯。中叙五革命党人，一剧盗，一杀人者同日就刑，记其犯事始末及狱中心理状态。Andrejev 自序云，吾著书之旨，在指示死刑之恐怖，与其不法。正直勇敢之人，徒以过怀仁爱，主持正义，致罹荆戳，固已惨矣。然在蒙昧小人，以愚犯法，缳首以死，其可哀实为尤甚。故吾于 Musj 等之死，以视 Janson 与 Tsiganok 伤痛之情，犹稍减杀。其言颇与 Dostojevskij 相似。又云，世之大患，在不相知。其著此书，盖将以文艺之力，拨除界限，表示人间共通内心之生活，俾知物我无间，唯等为人类，而一切忧患，乃可解免。此又与 Bahai 大同之教，同其指归矣。

Sologub 本名 Fjodor Teternikov（1863 —）思想颇近厌世，有《迷藏》（“Prjatki”）等，并言死为安息。唯求生之欲，本于自然，故求其次，以神思与享美为养生之道。次则童骏狂易，亦可远现世而得安乐。又有《老屋》（“Staryj Dom”）一篇，言 Boris 死于革命，家有大母及其母姊三人，日思念之。至不信往事，仍怀必不可得之希望，喜惧迭现，终日无宁时。及日暮，绝望之悲哀，忽然复起，乃相与号哭于林中。Andrejev 在《赤笑》中，叙家人得战死者手书一节，事极哀厉，而此则终篇如是，感人之力，至为强烈。作者本意，或与《迷藏》等相同，唯由一面言之，亦足以示死刑之恐怖，与《七死囚记》，同为人道主义文学中之名作也。

俄国文人，尚有Mikhail Artsybaschev及Dmitri Merezhkovskij等，亦有名，兹不备举。

四三　波阑

波阑十九世纪后半文人著名者，Alexander Swietochowski（1847 —）外有 Henryk Sienkiewicz（1846 — 1916），生奥属波阑，竭力于革命运动，为光复会长，见忌于奥国，因逃亡美洲。素持斯拉夫主义，主亲俄。一九一六年俄政府宣言将许波阑独立，Sienkiewicz 力赞其事，未成，以十月卒。初作小品，未为世人所知。九十六年著《何往？》（*Quo Vadis?*），叙罗马 Nero 王时新旧宗教之冲突，始得名。又有《火与剑》（*Ogniem i Mieczem*）等历史小说三种，记波阑累世与异族战争事。Phelps 谓古今历史小说，能得 Homeros 史诗精神者，唯此三部及 Gogolj 之“Taras Bulba”也。然 Brandes 则深服其短篇，而不满于历史小说。《波阑印象记》云，Sienkiewicz 系出高门，天才美富，文情菲恻，而深藏讽刺。所著《炭画》（“Szkice-weglem”）记一农妇欲救夫于军役，至自卖其身。文字至是，已属绝技，盖写实小说之神品也。又“Janko”，《天使》（“Jamiol”）诸篇，亦极佳胜。写景至美，而感情强烈，甚能动人。晚近模拟 Dumas Pere 作历史小说，层出不已，因获盛名，且得厚利。唯余甚惜之，所为不取也。盖 Brandes 素薄历史小说，故虽 Sienkiewicz 著作，亦与 Dumas 等视，深致不满也。

Sienkiewicz 作短篇，种类不一，叙事言情，无不佳妙，写民间疾苦诸篇尤胜。事多惨苦，而文特奇诡，能出以轻妙诙谐之笔，弥足增其悲痛。视 Gogolj 笑中之泪，殆有过之，《炭画》即其代表矣。Sienkiewicz 旅美洲时著此书，自言起故乡事实，唯托名羊头村而已。村虽称自治，而上下离散，不相扶助，小人遂得因缘为恶。良民又多愚昧，无术自卫，于是悲剧乃成，书中所言，舍 Rzepa 夫妇外，自官吏议员，至于乞丐，殆无一善类。而其为恶，又属人间之帝，别无夸饰，虽被以诙谐之辞，而令读者愈觉真实。其技甚神，余人莫能拟也。“Bartek Zwyciezca”一篇，则言亡国之痛。Bartek 被征为兵，应德法之战，目睹国人拘系待尽而不能救，至纵酒自放，战胜归乡，见侮于奥国塾师。及临选举，复迫令举其国仇，以至流离去其乡土。亦杰作之一也。Sienkiewicz 所作皆写实，又函义旨，与俄之理想派同。Eliza Orzeszkowa（1847 —）亦属此派。本名家女，其夫以国事流西伯利亚，家产没入官，Orzeszkowa 遂以文字自给。著书多写人世穷愁，持社会主义，宣扬甚力。世人称为波阑之 George Sand 也。

波阑纯自然派文学，始自Stanislaw Witkiewicz以法国为师法。至Ostoja与Niedzwiedzki而至其极，暴露人间兽性，倾于厌世。唯纯客观文学，尚不足尽人情深隐，故复转变，为印象派。S.Reymont作《农夫》（*Chlopi*），即此派名著，见称于世。Stefan Zeromski专事描画土地人民情状，纯为艺术作品，而爱国之思，亦寄其内，固仍有波阑文学特色也。

Waclaw Sieroszewski 以国事见放，居西伯利亚十五年，研究人类学，造诣甚深。多作小说，言通古斯等民族生活。Adam Szymanski 亦久居西伯利亚，所作多怀乡之音，Jankowski 比之边塞流人之哀歌。有“Srul”一篇，为集中之最。

四四　丹麦

丹麦传奇派文学之兴，由Steffens等之提倡，深受德国感化。不五十年，亦渐衰落。又值六十六年Schleswig-Holstein之战，丧师失地，遂与德国交恶，外来之影响顿绝。上下皆言爱国，高谈政治，不复注意于文艺，故此时著作特甚寥落。至七十年后，Brandes讲学于大学，又多作评论，绍介西欧思想，于是新派文学始复兴起也。

Georg Brandes（1842 —）卒业为哲学博士，又游欧陆多年，从法国Taine学，受唯物思想之感化。初作《近世哲学二元论》，说及科学与宗教之关系，为当时旧派所疾。七十二年，为大学近代文学讲师。所讲凡六篇，以英法德为主，总称《十九世纪文学之主潮》，论识皆超迈，为后来所重。唯尔时人心尚激楚，由爱国而转为存古，对于一切新说，无不排斥，及见Brandes“偶像破坏”（Iconoclasm）之思想，因益不满，竭力反对。Brandes遂移居德国以避之。唯所播种子，亦渐萌动，新进文人辈出，势力日盛。至八十八年，共速其返国。尔后遂为北欧文坛盟主，今尚存。

Brandes思想，多个人主义倾向，以反抗社会因袭为个人上遂之道。《文学主潮》中论英国及少年德国诸卷，此意皆甚明显。Nietzsche著作，初未为世所知，Brandes作文显扬之，遂有名。所作评论有波阑俄国印象记，又Ibsen及Bjornson等评传，最胜。批评人物，善能以简要之语，表其特质。读者持此为准，自施观察，即可触类旁通，有条不紊，此其所以难能而可贵也。

丹麦文人受Brandes感化而兴起者，为数甚众，举其要者有三人。Sophus Schandorph（1836－1901）持自然主义，而不流于极端。所著小说，最有名者，为《无中心》（*Uden Midtpunkt*），叙志行薄弱之少年，与*Rudin*相类，Boyesen称Albrecht为言语家，谓足为丹麦国民代表。盖其人民久受迫压，失其活动之力，唯逞言谈，以求快意，在六十六年后此风益盛，Albrecht即其一人也。Jens Peter Jacobsen（1847－1884）本植物学者。造文多修饰，如Flaubert，描写颜色，以成语陈旧，失其色泽，常自作新语用之。有小说三种，*Marie Grubbe*特色最著。*Niels Lyhne*书中主人，即Albrecht一流。或谓Shakespeare作*Hamlet*，云是丹麦王子，正得其实，此二人者，盖即其流亚也。Holger Drachmann（1846－1908）亦作小说，尤以诗得名。初倾心于社会主义，播布甚力。后忽中变，趋于和平。九十五年作史诗*Volund Smed*一卷，叙冶工Volund为王所刖，及后报仇而死事。诗中含蓄义旨，多革命之音。Drachmann思想盖复转化，此诗则又反抗之宣言矣。

四五　瑞典

瑞典近代文人最伟者，有 August Strindberg（1849 — 1912）。生平于学无所不窥，举凡天文矿物植物化学经济历史伦理哲学美学，皆有著作。文学一类，有戏曲五十六种，小说三十种。其精力盖非常人所及。尝为 Stockholm 图书馆员，有中国文书未曾编目，乃习汉文订定之。又研究十八世纪中瑞典与中国之交际，作文发表，得地学会之赏。其博学多能，盖自 Goethe 而外，世间文人莫与比类也。

Strindberg 初怀唯物思想，所作多属自然派。最初作历史剧 *Master Olof* 言新旧信仰之争。Olaus 听 Gerdt 之激厉，宣传基督真理，举世以为外道。唯 Gustav Vasa 乃能操纵之，收为己用。此剧含义甚深，唯不为剧场所取，因益失望愤世。七十九年作《赤屋》（*Roda Rummet*），仿 Dickens 体写社会恶浊，而更精善，始有名。及短篇集《结婚》（*Giftas*）出，世论复哗然。其书言结婚生活，述理想与事实之冲突，语至真实，不流于玩世。而反对者乃假宗教问题，罗织成狱。后卒无罪。又作有自叙体小说九部，最有名者，为《婢之子》（*Tjanstekvinnans Son*），叙少年时事。《痴人之忏悔》（*Die Beichte eines Thoren*）为本国所禁，故以德文刊行。九十四年，思想转变，由怀疑而至绝望，乃发狂。及愈，受 Swedenborg 之感化，转入神秘主义。其著作多为象征派，与法之 Huysmans 相同。《地狱》（*Inferno*）一书，即记当时情状，亦自叙小说中名作也。

Strindberg 著作中戏剧尤为世间所知，与 Ibsen 并称，如 *Froken Julie*，《父》（*Fadren*），《伴侣》（*Kamraterna*）皆是。其艺术以求诚为归，故所有自白，皆抒写本心，绝无讳饰，仿佛 Tolstoj。对于世间，揭发隐伏，亦无拘忌。又以本身经历，于爱恋之事，深感幻灭之悲哀，故非议女子亦最力，遂得 Misogyniste 之称。然其本柢，在于求诚，则一也。*Julie* 剧自序中有云，人皆责吾剧为太悲，意似谓世间有欢愉之悲剧也者。世人喜言“人生之悦乐”，剧场所需者，亦唯诙谐俗曲。一若人生悦乐，即在愚蠢中间，剧中人物，皆患痉挛或悉白痴也，吾则以为人生悦乐，乃在人生酷烈战斗之中。吾能于此中寻求而有所得，斯吾之悦乐也。即此一语，足为 Strindberg 艺术之正解，即其行事思想，亦可因是得解，无余蕴矣。《父》与《伴侣》二剧，皆 Strindberg 非难女子最烈之作，与 Ibsen《傀儡之家》等剧对抗。Ibsen 力说女子解放，Strindberg 则以为两性之争，有胜负而无协和。*Fadren* 中之大尉，为 Laura 所陷，终以狂死，与 Axel Alberg 之能自省悟，绝 Bertha 而去者，成败不同，而理无二致。Strindberg 以子为小儿与成人之介系，不能与男子齐等，所写亦有偏重，或病其不自然。唯所言女性恶德，自有至理，故 Brandes 盛称之，谓《父》为具有永久性之杰作也。*Froken Julie* 所言亦涉两性之争，而注重尤在阶级问题，多含社会意义。同时英国 Francis Galton 作 *Inquiries into Human Faculty*，论及畜养动物之生殖衰退，有云，退化之种，其生欲偶发，常向下级族类。Julie 之悦 Jens，亦正此例。此剧所言，盖悉据学理，故又别有足重也。

瑞典文人，此外有 Gustaf Geijerstam（1856 — 1909）及 Ola Hannson（1860 —）皆有名。Selma Lagerlof（1858 —）本女教师，作 *Gosta Berling*，合写实笔法与传奇思想而融化之，成新传奇派杰作，为世所称，受 Nobel 赏金也。

四六　诺威

Henrik Ibsen（1828 — 1906）与 Bjornson 并称诺威近世文学大家。Bjornson 为国民诗人，而 Ibsen 作剧穷究人生社会诸问题，为欧洲近代剧之首创者，又本个人主义，力说“精神之反抗”，影响于世界，尤极重大。所作戏曲可分三期。初属传奇派，多取古事为材。一八六二年作《恋之喜剧》（*Kjaerlighedens Komedie*），转为讽刺。又有 *Brand* 及 *Peer Gynt* 二曲，亦有名。唯皆用韵语，故归于第一期中。六十九年散文剧《青年集会》（*De Unges-forbund*）出，是为第二期，所作皆极重要。至八十四年作《野鸭》（*Vildanden*），渐有象征派倾向，晚年益显著。盖其思想亦随时代而转移，与当世文人一致也。

Ibsen愤时疾俗，对于政教礼法之伪恶，尤致不满，故其思想颇倾于悲观，唯与厌世者又异。凡厌世者必深信人生之空虚，以幸福为不可得，以恋爱为幻。Ibsen悉不然，肯定人生，以自由幸福为人世之的，其不可遽得者乃由或者为障，即虚伪强暴之社会是也。Ibsen持真实自由二义为人生准则，用以照察世间，适得其反，故生憎恶而希破坏。Brandes谓其悲观，由于义愤而非因绝望，正得其实。所作戏剧，则即以宣此义愤者也。

Ibsen作剧，最有名者，为《傀儡之家》（*Et Dukkehjem*），《游魂》（*Gengangere*），《人民之敌》（*En Folkefiende*），《野鸭》及《海之女》（*Fruen fra Havet*）等五篇。其作意多相联属，递相说明。《傀儡之家》者，言女子自觉之事。Nora Helmer初以傀儡自安，及经忧患，乃始觉悟，自知亦为人类之一，对于一己自有义务，于是决绝而去。《游魂》剧中之Alving夫人，所处境地，不异Nora，唯留而不去，而其究极，亦以悲剧终。Alving夫人所以不去傀儡之家者，实因其子，而Oswald以遗传之疾，卒发狂易。夙约之Morphine或予或否，两无所可。末场惨淡之景，感人甚深且烈。Gosse谓自希腊悲剧而外，更无他著，足与比俦也。

《游魂》出后，一时论难纷起，Ibsen乃作《人民之敌》以报之。Thomas Stockmann 为医官，察知浴场水道之不洁，宣言其隐，为社会所忌，终得民敌之名，为众共弃，盖用以自况。当时致 Brandes 书云，Bjornson 以多数为是，吾则不然，唯少数乃是耳。此语足为全剧作解释，其所持个人主义之精意，亦于此见之。Bernard Shaw 著 *Ibsenism* 中有云，天下“唯独立者至强”。然为一己而独立者，又实为至愚。征之历史以及当世人生，盖唯私斯众而公则独。利他之名，亦不能立，以更无所谓他也。Stockmann 为真理公益故，不惜与私利之群众相抗，精神乃极近 Tolstoj，斯即个人主义之极致矣。

《野鸭》与《海之女》，皆第三期作，多涉象征，唯主旨仍与前作相系属。《野鸭》之悲剧，由于不时之幻灭。Werle 轻信理想，与 Helmer 正相反，而过犹不及，其害唯均。《海之女》所言，与《傀儡之家》相类。唯 Dr.Wangel 许 Ellida 以自由，而女遂不复去。Nora 所谓奇迹者，盖于此实现，女子问题，亦得解决。即不复为自己牺牲，亦不偏主自己肯定。超越二者之上，造成形神一致之道德，亦即 *Kejser og Galilaeer* 剧中，Maximos 所谓第三王国是矣。

Bjornstjerne Bjornson（1832 — 1910）以诗名世，尤致力于国事，于政治道德问题，多所主张。Brandes 论之曰，“Ibsen 犹古之士师，Bjornson 则预言者，告人以未来之幸福。Ibsen 爱其理想，恒以是与现世相抗，Bjornson 则爱人类者也”。Bjornson 持大同主义，而以爱祖国为发端。早年作小说，多写农民生活，通称山林小说，与George Sand及Auerbach著作相对。有“Arne”,《幸福之儿》(“En glad gut”),《渔女》(“Fiskerjenten”)皆胜。其后所作,多涉社会问题。如《市港之旗》(*Det Flager i Byen og pa Havnen*)言Kurt家恶德之遗传,申明个人对社会之责任。《神之路》(*Pa Guds Veje*)则言Ragni Kule为社会所误,因袭之道德又从而难之,以至灭亡。唯正义终胜,迷执之信仰,为爱力所化,Tuft与Kallem,复得和解。卷末引成语云,善人所行,即为神路,即此篇义旨之所在也。

Bjornson又多作戏剧,有喜剧《新婚》(*De Nygifte*),《破产》(*En Fallit*),悲剧*Leonarda*,《手套》(*En Hanske*)等皆有名。*Leonarda*与《手套》,皆言两性道德之不平等。Leonarda以疑似之事,为世所弃。在Alf和Christensen,则宴然不以为异,故Bjornson假Svava以揭发之,正如Ibsen之Nora也。又有《王》(*Kongen*)一篇,非难帝制,纯然民主思想。帝王之尊,延为迷信,终至视若异类,欲求自伍于齐民而不可得,为为君者计,其害尤大。此Bjornson之微意,又较寻常无君论者,更有进矣。

诺威文人,此外有Alexander Kielland(1849－1906)与Jonas Lie(1838－1908),而Lie尤有名。其母系出芬阑,Lie受其化,故神思特幽美。所作多言海景,以海之诗人称。小说《引港人与其妻》(*Lodsen og hans hustru*)即此类杰作,对于家庭问题又别含意义,故为世所重。千八百八十年后,作《人生之囚》(*Livsslaven*),《结婚》(*Et Samliv*)等,转入自然派。九十二年,著《山灵》(*Trold*)二卷，多采民间神异传说而改作之，说者谓即其芬族性质之复现。与早年所作自叙体小说《梦想家》(*Den fremsynte*)，正相联属也。

四七　余论

十九世纪后半，欧洲有新兴文学二。一曰比利时，一曰爱尔阑。二国以英法语为文，唯精神故自独立。比利时用法语而实下日耳曼人，爱尔阑用英语而实 Celt 人，故其文学亦与英法有别。比利时文学之兴，未及四十年而文人辈出。如 Émile Verhaeren（1855－1916）之诗，Maurice Maeterlinck（1872－）之剧，Camille Lemonnier（1844－1913）及 Georges Eekhoud（1854－）之小说，皆有名。爱尔阑本有国语文学，唯以言语隔绝，不甚为世所知。Standish James O'Grady 与 Douglas Hyde 先后用英语著书绍介。至八十八年，爱尔阑文学会成立，为新文学发生之始。诗剧则有 William Butler Yeats(1866－)及 John Millington Synge(1871－1909）为之代表。George Moore 作小说，为英语文学中唯一之自然派。Thomas MacDonagh 及 Joseph Plunkett，亦少年诗人之秀，与 Padraic Pearse 同死于一九一六年四月之难。至英国文人，系出爱尔阑者，尤不胜数。近代之 Bernard Shaw 与 Oscar Wilde 皆然。世以其思想精神，较为溥博，故多以文字为主，归之英国文学中也。

上来所说为十九世纪后半欧洲文学大概。他如荷阑蒲陶牙新希腊匈加利芬阑及东欧诸邦，亦各自有其文学，唯势力仅及国内，于欧洲思想潮流，别无重大影响，故悉从略。